U0376042

>>> 杜甫写“无边落木萧萧下，不尽长江滚滚来”成功，而读者受他传染，置自身于何地？图为清代王时敏《登高》诗意画。

而意无穷”（《沧浪诗话·诗辩》）。若读了不受感动，是作者失败了；若读了太感动，我们就不存在了，如此还到不了水乳交融——无上的境界。

诗中真实才是真正真实。花之实物若不入诗不能为真正真实。

真实有二义：一为世俗之真实，一为诗之真实。平常所谓真实多为由“见”而来，见亦由肉眼，所见非真正真实，是肤浅的见，如黑板上字，一擦即去。只有诗人所见是真正真实，如“月黑杀人地，风高放火天”[①]。

在诗法上、文学上是真的真实，转“无常”成“不灭”。

世上都是无常，都是灭，而诗是不灭，能与天地造化争一日之短长。万物皆有坏，而诗是不坏。俗曰“真花暂落，画树长春”（庾信《至仁山铭》）。然画仍有坏，诗写出来不坏。太白[②]已死，其诗亦非手写，集亦非唐本，而诗仍在，即是不灭，是常。纵无文字而其诗意仍在人心。

矛盾——调和；

丑恶——美丽；

① 此二句盖见于元代韈然子《拊掌录》，字句略有出入：“欧阳公与人行令，各作诗两句，须犯徒以上罪者。一云：‘持刀哄寡妇，下海劫人船。’一云：‘月黑杀人夜，风高放火天。’”

② 太白：李白（701—762），字太白，号青莲居士，祖籍陇西成纪（今甘肃秦安）。盛唐诗人，有“诗仙”之称。

虚伪——真实；

无常——不灭。

不要以为矛盾外另有调和，丑恶外另有美丽，虚伪外另有真实，无常外另有不灭。所谓矛盾即调和，丑恶即美丽，虚伪即真实，无常即不灭，一而二，二而一。在人世间何处可求调和、美丽、真实、不灭？而调和、美丽、真实、不灭即在矛盾、丑恶、虚伪、无常之中。

唐以后诗人常以为诗有不可言。所谓风花雪月、才子佳人的诗人，所写太狭窄，不是真的诗。彼亦知调和、美丽、真实、不灭之好，而不知调和、美丽、真实、不灭即出于矛盾、丑恶、虚伪、无常。“三百篇”“十九首”[①]、魏武帝、陶渊明、杜工部，古往今来只此数人为真诗人。陶有《乞食》诗，而吾人读之只觉其美，不觉其丑。

凡天地间所有景物皆可融入诗之境界。鲁迅先生说，读阿尔志跋绥夫（Artsybashev）[②]的作品《幸福》，“这一篇，写雪地上沦落的妓女和色情狂的仆人，几乎美丑泯绝，如看罗丹（Rodin）的雕刻”（《现代小说译丛·幸福》译者附记）。此乃最大的调和、最上的美丽、最真的真实、永久的不灭。

---

① “十九首”：即《古诗十九首》，最早见于南朝萧统《文选》。萧统从传世的古诗中选录十九首，编为一组，列在“杂诗”类之首。此组诗非一人一时之作，大致成诗于东汉末年，代表了汉代文人五言诗的最高成就。

② 阿尔志跋绥夫（1878—1927）：俄国白银时代颓废派作家，著有小说《萨宁》《狂人》《血痕》《幸福》《绝境》等，鲁迅称其作品为“被绝望包围的书”。

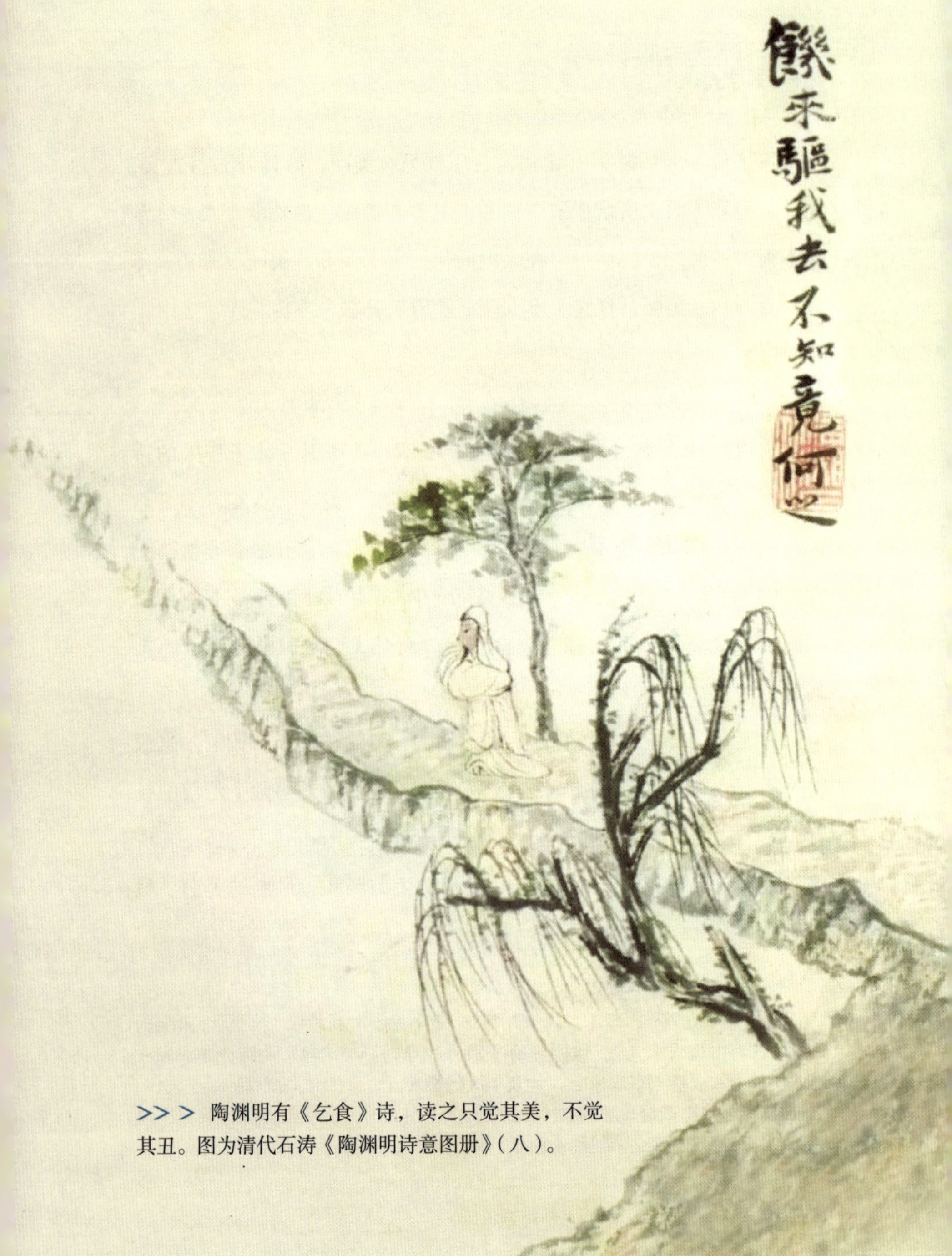

>>> 陶渊明有《乞食》诗，读之只觉其美，不觉其丑。图为清代石涛《陶渊明诗意图册》(八)。

屈原、庄子、左氏[1]的成就一般人难以达到，但不能不会欣赏。人可以不为诗人，但不可无诗心。此不仅与文学修养有关，与人格修养亦有关系。读这些作品，使人高尚，是真“雅”。

后人心中常存有雅、俗之见，且认为只有看花饮酒是雅，分得太清楚，太可怜，这样不但诗走入歧途，人也走入穷途。

杨柳招人不待媒，蜻蜓近马忽相猜。

如何得与凉风约，不共尘沙一并来。

（陈简斋《中牟道中二首》其二）

此诗以浅近的代表深层的悲哀，后两句好，表现得沉痛。何能只要诗法不要世法？只要琴棋书画，不要柴米油盐，须不是人方可。有风无土乃不可能！

或曰：披阅文章注意言中之物、物外之言。

言中之物，质言之即作品的内容。无论诗或散文，既“言”当然就有“物”，浅可以，无聊可以，没意义不成。但还要有“文”，即物外之言。

① 左氏：即左丘明。司马迁、班固认为左氏为“鲁太史”“鲁君子”，著有《春秋左氏传》。

>> > 屈原、庄子、左氏的成就一般人难以达到，但不能不会欣赏。人可以不为诗人，但不可无诗心。图为宋代佚名《九歌图》(局部)。

文学作品不能只是字句内有东西，须字句外有东西。

王维“行到水穷处，坐看云起时”（《终南别业》），有字外之意，有韵，韵即味。合尺寸板眼不见得就有味，味于尺寸板眼、声之大小高低之外。《三字经》亦叶韵，道理很深，而非诗。

宋人说作诗“言有尽而意无穷”（严羽《沧浪诗话·诗辩》），此语实不甚对。意还有无穷的？无论意多深亦有尽，不尽者乃韵味。最好改为“言有尽而韵无穷”。在心上不走，不是意，而是韵。

文字笔墨所能表现是有限的。故诗最怕意尽于言，没有余味。

诗无无意者，而不可有意用意。宋人诗好用意、重新（新者，前人所未发者也）。吾人作诗必求跳出古人范围，然若必认为有“意”方为好诗，则用力易“左”。

诗以美为先，意乃次要。此就诗之表现而言。

屈子《离骚》：“吾令羲和弭节兮，望崦嵫而勿迫。路曼曼其修远兮，吾将上下而求索。”意固然有，而说得美。说得美，虽无意亦为好诗。如孟浩然[①]之诗句：“微云淡河汉，疏雨滴梧桐。”

---

① 孟浩然（689—740）：名不详，字浩然，襄阳（今湖北襄阳）人，世称孟襄阳。盛唐山水田园诗代表作家，与王维合称“王孟”。

艺术之能引人都不是单纯的，即使是单纯的也是复杂的单纯，如日光七色合而为白；如酒，苦、辣而香、甜，总之是酒味。有人喝酒上瘾，没人吃醋上瘾。

有时读一首写悲哀的诗，读后并不令读者悲哀，岂非失败？盖凡有所作，必希望有读者看；真有话要写，写完总愿意人读，且愿意引起人同感，如此才有价值。然如李白之《乌夜啼》，读后并不使人悲哀，岂其技术不高，抑情感不真？此皆非主因，主因乃其写得太美。

有些人只注重字面的美，没注意诗的音乐美——此乃物外之言的大障。

老杜的好诗便是他抓住了诗的音乐美。如《哀江头》“少陵野老吞声哭”，下泪，诗味；放声一哭便完了，既难看又难听，虽然还不像 cry（哭喊）那样刺耳。“春日潜行曲江曲”，散文而已，也不高。“江头宫殿锁千门”，渐起，虽有气象，诗味还不够。“细柳新蒲为谁绿”，真好，伤感，言中之物，物外之言。老杜费了半天事挤出这么一句来。可有时也挤不出，后面又不成了。至：“清渭东流剑阁深，去住彼此无消息。人生有情泪霑臆，江水江花岂终极。”最后挤出来的这句真好，水日日长流，花年年常开，而人死不复生。言中之物，物外之言。

>>> 有些人只注重字面的美，没注意诗的音乐美——此乃物外之言的大障。图为唐代周昉《调琴啜茗图》。

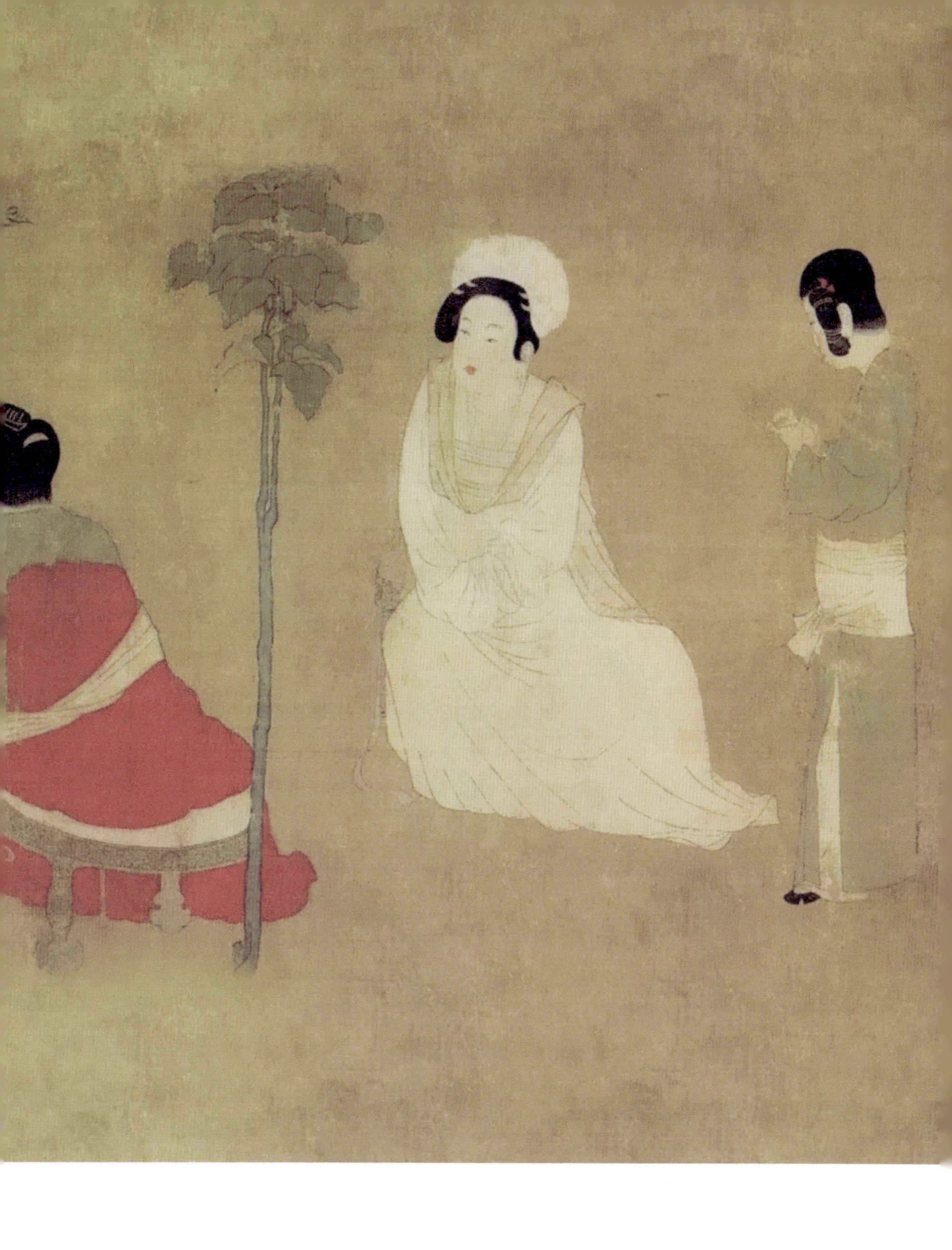

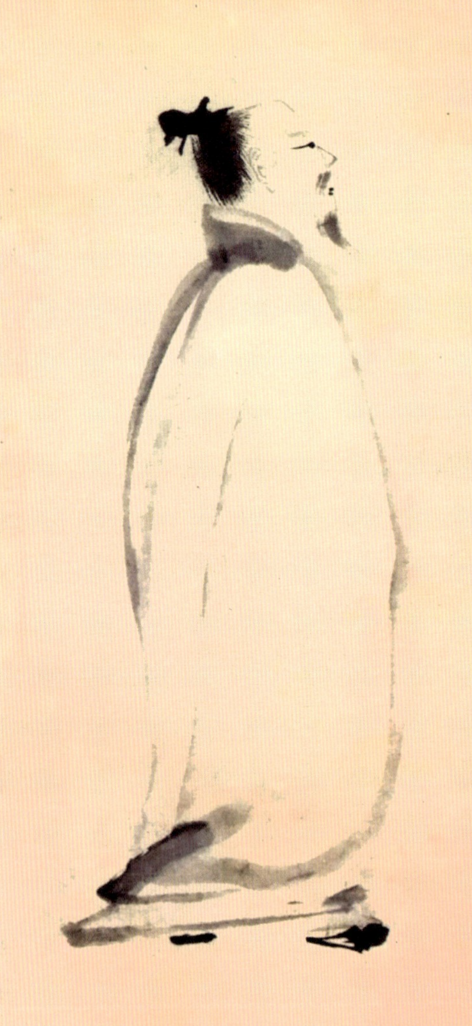

>>> 李白之《乌夜啼》，读后并不使人悲哀，岂其技术不高，抑情感不真？此皆非主因，主因乃其写得太美。图为宋代梁楷《李白行吟图》。

孔子所谓“兴”[1]，近世所谓象征，即此物非此物。如“十”有圣之意，“卍”有佛之意（善、德、全）。此即为象征，其意甚深且多，包罗万有，一言难尽。看诗应如此看。

清人黄仲则[2]非大诗人，而有诗之天才。其诗有：

> 寒甚更无修竹倚，愁多思买白杨栽。
> 全家都在风声里，九月衣裳未剪裁。
>
> （《都门秋思》）

> 收拾铅华归少作，屏除丝竹入中年。
> 茫茫来日愁如海，寄语羲和快着鞭。
>
> （《绮怀十六首》其十六）

前首之“修竹”“白杨”皆象征，此即非以世眼看；次首之“铅华”“丝竹”亦象征，乃去兴奋而入平静。

---

① 《论语·阳货》：“子曰：‘小子何莫学夫诗？诗可以兴，可以观，可以群，可以怨。迩之事父，远之事君，多识于鸟兽草木之名。’”

② 黄仲则（1749—1783）：黄景仁，字汉镛，一字仲则，自号鹿菲子，江苏武进（今江苏常州）人，清代诗人，有《两当轩集》。

>>> 孔子所谓“兴”，近世所谓象征，即此物非此物。图为明代仇英《孔子圣迹图·击罄图》。

四

作诗最要紧的是“感”：

（一）肉体的——感觉；

（二）精神的——情感。

把无论精神的、肉体的亲身所感用诗的形式表出，不管是深浅、大小、厚薄。

作诗需因缘相应。

欲使因缘相应（相合、呼应），须“会”。“会”有三义：

（一）聚合。既曰聚合，当非一个，故必心与物聚合，不能有此无彼。如“甜”怎么成立的？若曰甜在舌，而但为舌不甜；若曰甜在糖，而但观之不甜，必二者相会，然后甜成立。诗心与笔合，然后有彼诗，即因借缘生，缘助因成。

（二）体会。心与笔虽遇，无体会亦不成。糖遇舌，甜之味始成立；然若无味觉（佛曰味识），甜亦不能成立，等于未遇。故聚合后必须有体会。白居易[①]“野火烧不尽，春风吹又生。远芳侵古道，晴

---

① 白居易（772—846），字乐天，号香山居士，祖籍太原，生于新郑（今郑州新郑）。中唐诗人，与元稹并称“元白”，共同倡导新乐府运动。

翠接荒城”（《赋得古原草送别》）四句，必体会到此，然后能写出。

（三）能。能者，本能之意，本能不可解释。有体会而不“能”，亦不成。如木头吃糖，体会不出什么；人吃木头，也体会不出什么，此即“能”。能有二义：一为学习之能，一为本有之能。

由此三义成“会”，由“会”始能相应。不能轻视物，亦不能轻视心，二者缺一不能成诗。

“会”自然不是“离”，离心、离物皆不可。不离而“执”亦不可(执即执着)。如宋陈无己（师道）诗真有功夫，黄庭坚谓其“闭门觅句陈无已”(《病起江亭即事》)，如此则是执心。元遗山诗曰：“传语闭门陈正字，可怜无补费精神。”（《论诗三十首》其廿九）元氏之话对，即因其执心，故“无补费精神”，不成。“执心”之外又有执物，亦不可。普通觅句多为此种，如《秋林觅句图》[①]，简直受罪，是执物。

离不可，执亦不成。

有人提倡性灵、趣味，此太不可靠。性灵太空，把不住；于是提倡趣味，更不可靠。应提倡“韵的文学”。提倡性灵、趣味，不如提倡韵。

---

① 《秋林觅句图》描绘一老者在古树旁寻觅佳句之情景。

>>> 白居易的《赋得古原草送别》，必定有体会，然后能写出。图为清代吕焕成《香山九老图》。

韵人太难得；才人是天生。

王摩诘真有时露才气，如《观猎》一首真见才，气概好：

> 风劲角弓鸣，将军猎渭城。
> 草枯鹰眼疾，雪尽马蹄轻。
> 忽过新丰市，还归细柳营。
> 回看射雕处，千里暮云平。

伟大雄壮。然写此必有此才，否则不能有此句。

韵最玄妙，难讲，而最能用功。

后天的功夫有时可弥补先天的缺陷。韵可用功得之，可自后天修养得之。韵与有闲、余裕关系甚大。宋理学家常说“孔颜乐处”，孔子“疏食饮水”[①]，颜子[②]“箪食瓢饮”[③]，所谓有闲、余裕，即孔颜之乐。孔、颜言行虽非诗，而有一派诗情，诗情即从余裕、“乐”来。如此才有诗情，诗才能有韵。

韵是修养来的，非勉强而来。修养需要努力，最后消泯去努力

---

① 《论语·述而》：“子曰：‘饭疏食饮水，曲肱而枕之，乐亦在其中矣。不义而富且贵，于我如浮云。’”

② 颜子：即颜渊。颜渊（前 521—前 481），颜氏，名回，字子渊，春秋时期鲁国人，孔门十哲之首，以德行著称。

③ 《论语·雍也》：“子曰：‘贤哉，回也！一箪食，一瓢饮，在陋巷，人不堪其忧，回也不改其乐。贤哉，回也！’”

的痕迹，使之成为自然，此即韵。努力之后泯去痕迹，则人力成为自然。如王羲之[①]之字，先有努力，最后泯去痕迹而有韵。

古人写诗非无感情、思想，而主要还是感觉。从感触中自然生出情来，带出思想来。只要感触、感觉真实，写出后自有感情、思想。若没有感触、感觉，虽有思想、感情也写不出太好的诗。如江淹[②]《别赋》："春草碧色，春水渌波，送君南浦，伤如之何。"四句所以能感人者，虽皆因感情、思想真实，其实还赖其真实感觉为媒介。

读书是为锻炼字法、句法，最要紧还是实际生活上用功。宋以后文字功夫深，而实际生活的功夫浅了，所以觉得它总不像诗。学诗至少要有一半功夫用于生活，否则文字即使十分好，作来也不新鲜。不过，解决生活、分析生活固然伟大，也不是说文字就可以抛弃。

要写诗必先从脑中泛出来一点什么，应能抓住，找就不行了。古人所写盖即脑中一泛抓住写出。我们能写诗，因为是读书人；而写不

① 王羲之（303—361）：字逸少，号澹斋，祖籍山东琅琊（今山东临沂），后迁居会稽山阴（今浙江绍兴）。东晋书法家，有"书圣"之称。曾任会稽内史，领右军将军，人称王会稽、王右军。

② 江淹（444—505）：字文通，济阳考城（今河南民权）人。南朝齐梁诗赋家，《恨赋》《别赋》为其代表作。

>>> 王羲之之字，先有努力，最后泯去痕迹而有韵。图为明代文征明《右军书画图》。

七月一日羲之白忽然
秋月但有感歎信反得
去月七日書知足下故羸疾
問觸暑遠涉憂卿不
可言吾故羸乏力不具
王羲之白

好，亦因是读书人。因一写时，古人的字句先到脑中来了。江文通写《别赋》脑中泛出的真是“春草碧色，春水渌波”，我们写离别泛出的是《别赋》的四句。

古人是表现（expression），吾人是再现（re-appearance）。

古人画山水，脑中泛出是真山真水，吾人画山水，泛出的是古人的画。写诗亦然。弄好是再现，弄坏了连再现都够不上，只是把古人字重新排列（re-arrange）。古人是本号自造，吾人是假冒。弄好是假古董，弄不好连假古董都够不上。近代作家之诗已无生气，盖即此故。

世家子弟也许其祖辈或父辈给他留下许多财产，但其人多不能自立，不是没有天才，多是坐吃山空。有的作品，读后人觉得心太浮、太粗，便因古人留下东西太多。周秦诸子因祖上无所遗留，故须自己思想，自己感觉。

五

一切世法皆是诗法。诗法离开世法站不住。人在社会上要不踩泥、不吃苦、不流汗，不成。此种诗人即使不讨厌也是豆芽菜诗人。粪土中生长的才能开花结籽，否则是空虚而已。在水里长出来的漂漂亮亮的豆芽菜，没前程。

后人以“世法”为俗，以为“诗法”是雅的，二者不并立。自以为雅而雅得俗，更要不得，不但俗，且酸且臭。俗尚可原，酸臭不可耐。

雅不足以救俗，当以力救之。

陶渊明“种豆南山下”（《归田园居五首》其三）一首，是何等力，虽俗亦不俗矣。唯力可以去俗，雅不足以救俗，去俗亦不足成雅，雅要有力。

杜甫虽感到世法与诗法抵触，而仍能将世法写入诗法，且能成为诗。他看出二者不调和，而能把不调和写成诗。陶渊明则根本将诗法与世法看为调和，写出自然调和。

王渔洋[①]所谓“神韵”是排出了世法，单剩诗法。余以为“神韵”不能排除世法，写世法亦能表现“神韵”，这种“神韵”才是脚踏实地的。而王渔洋则是“空中楼阁”。

后人将世法排出诗外，单去写诗。世上困苦、艰难、丑陋，甚至卑污，皆是诗。常人只认为看花饮酒是诗，岂不大错！只写看花饮酒、吟风弄月，人人如此，代代如此，屋下架屋。此诗之所以走入歧

---

① 王渔洋（1634—1711）：王士禛，字贻上，号阮亭，别号渔洋山人，新城（今山东桓台）人。清初诗人、诗论家，论诗主“神韵”，著有《带经堂诗话》。

>>> 王士禛所谓“神韵”是排出了世法，单剩诗法。图为清代禹之鼎《王士禛放鹇图》。

途。我们现在要脚踏实地，将“世法”融入“诗法”！

抒情诗人是自我中心，然范围要扩大。

抒情诗人第一要多接触社会上人物，人事的磨炼对做人及作文皆有帮助。另一方面是对大自然的欣赏。此则中国诗人多能做到。然欣赏要不只限于心旷神怡、兴高采烈之时，要在悲哀愁苦中仍能欣赏大自然。

大自然是美丽的，愁苦悲哀是痛苦的。二者是冲突的，又是调和的。能将二者调和的是诗人。

平常人写凄凉多用暗淡颜色，不用鲜明颜色。能用鲜明的调子去写暗淡的情绪是以天地之心为心。——只有天地能以鲜明调子写暗淡情绪，如秋色红黄。以天地之心为心，自然小我扩大，自然能以鲜明色彩写凄凉。

常人甚至写诗时都没有诗，其次则写诗时始有诗，此亦不佳：必须本身是诗。

唐代初、盛、中、晚大大小小的诗人，多为本身是诗；宋人则写诗时始有诗，不能与生活融会贯通，故不及唐人诗之深厚。杜甫多用方言俗语，而写出来就是诗。

客观上讲，“胸有锤炉”仍是皮相看法，未看到真处；盖诗人本身是诗，故何语皆成诗。

《礼记·大学》：“格物在致知。”朱[①]注：格，至也；格物，穷极事物之理。“理”，文理、条理、道理。

文人也要“穷极事物之理”，说话才能通。思想不通比字句不通还要不得。

杜诗：“种竹交加翠，栽桃烂漫红。”（《春日江村五首》其三）如此诗者，是真能格物也。“竹翠”“桃红”人人知，不算格物。“交

① 朱：即朱熹。

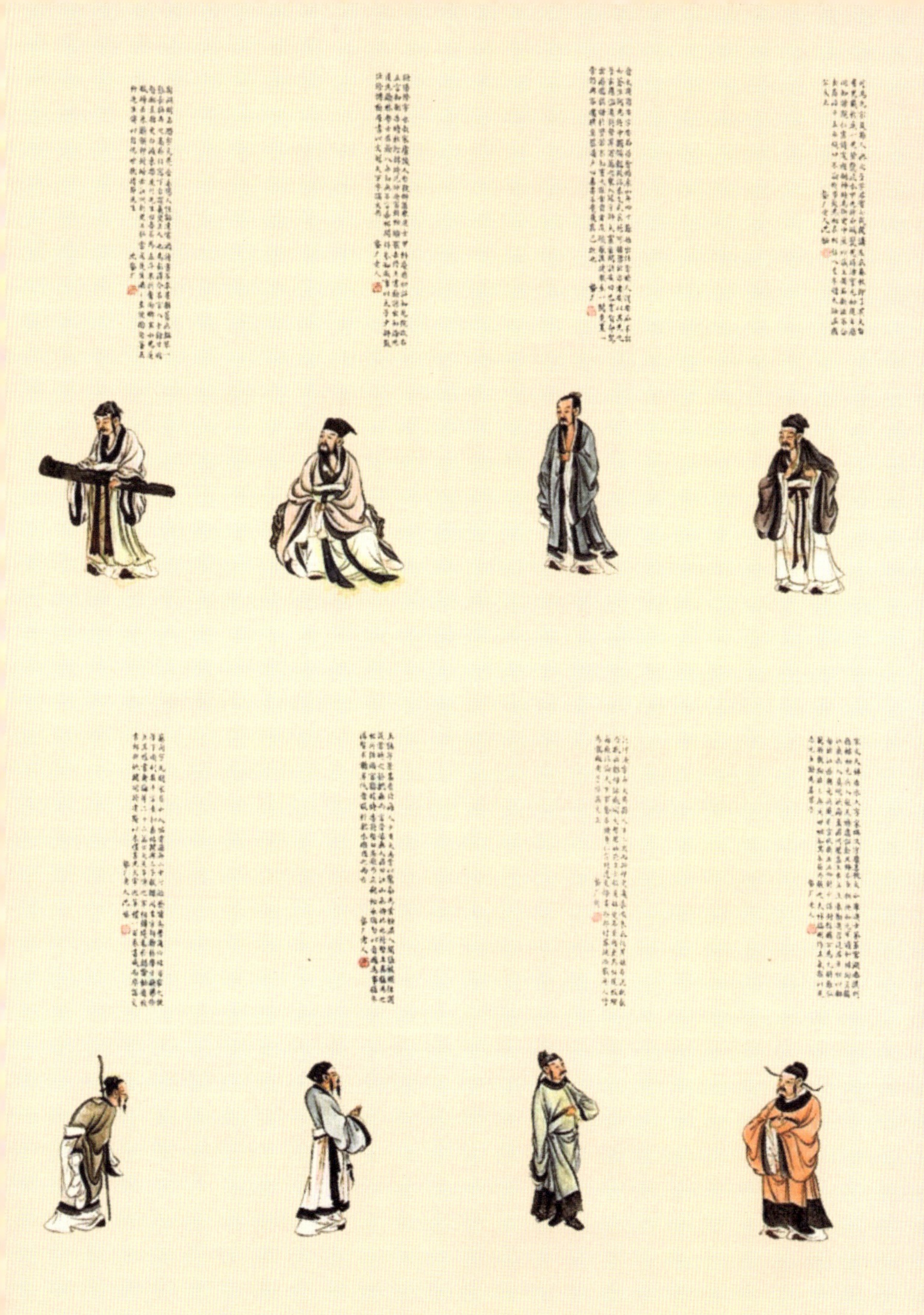

>>> 唐代初、盛、中、晚大大小小的诗人，多为本身是诗；宋人则写诗时始有诗，不能与生活融会贯通，故不及唐人诗之深厚。图为古代诗人群像。

加”“烂漫”是老杜格物也。“交加”便是“翠”的“理”，“烂漫”便是“红”的“理”。

禅宗语录：“公只知有格物，而不知有物格。”[1]

诗有六义：赋、比、兴、风、雅、颂。物格者，兴之义。作诗时要有心的兴发，否则不会好。兴，即 inspiration（灵感）。

“格物”是向外的，“种竹交加翠”，见竹而说；“栽桃烂漫红”，见桃而说。

“物格”是向内的，然后再向外，其“物”给我们一种灵感（不是刺激、印象，刺激、印象仍只是物）。

能“格物”且能“物格”，这样看东西、作诗，才能活起来。

鲁迅先生《彷徨》扉页题屈原《离骚》：

---

① 《五灯会元》卷二十载大慧宗杲禅师事：“（张九成）至径山，与冯给事诸公议格物。慧曰：‘公只知有格物，而不知有物格。’公茫然，慧大笑。公曰：‘师能开谕乎？’慧曰：‘不见小说载唐人有与安禄山谋叛者，其人先为阆守，有画像在焉。明皇幸蜀，见之怒，令侍臣以剑击其像首。时阆守居陕西，首忽堕地。’公闻顿领深旨，题不动轩壁曰：‘子韶格物，妙喜物格。欲识一贯，两个五百。’”大慧宗杲（1089—1163），字昙海，号妙喜，孝宗赐号“大慧”。宋代临济宗高僧，看话禅代表人物。张九成，字子韶，号无垢居士；大慧禅师，号妙喜。

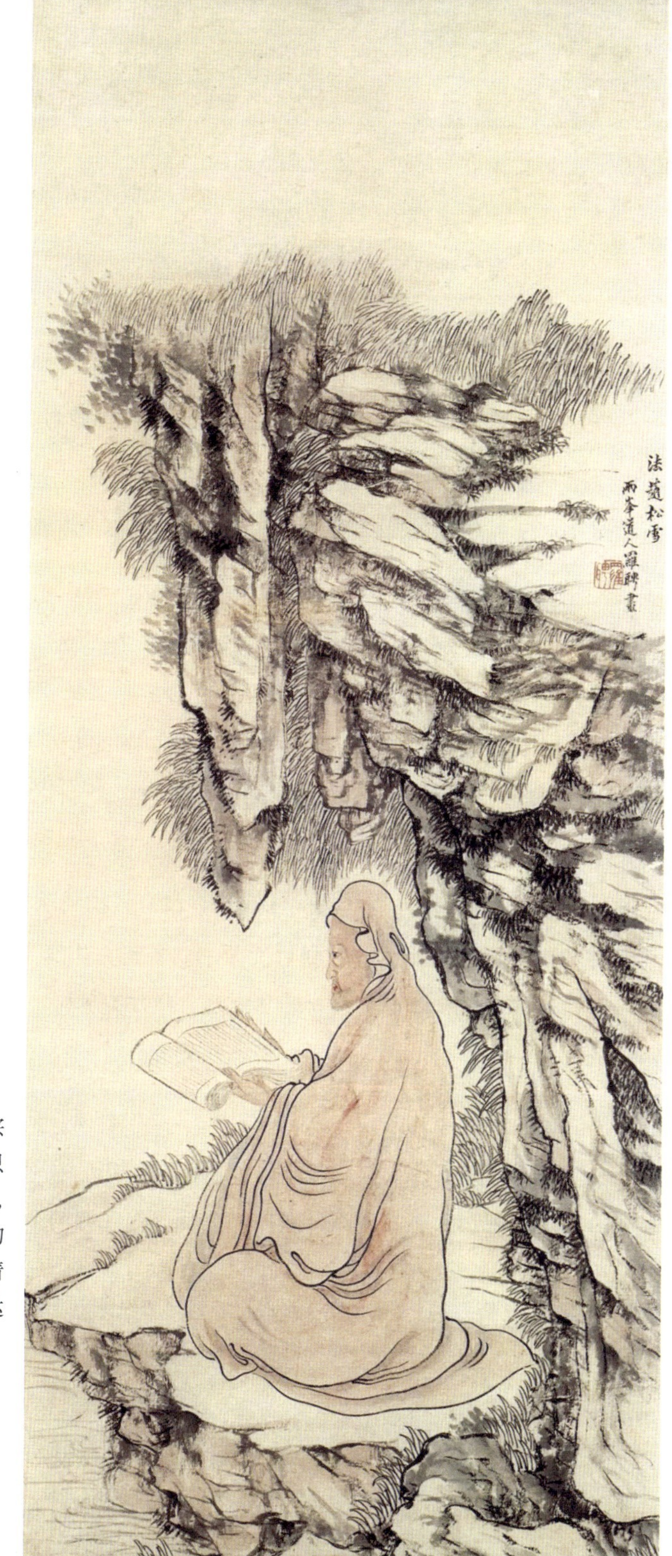

>>> 禅宗语录："公只知有格物，而不知有物格。"图为清代罗聘《达摩读易图》。

朝发轫于苍梧兮，夕余至乎县圃。
欲少留此灵琐兮，日忽忽其将暮。
吾令羲和弭节兮，望崦嵫而勿迫。
路曼曼其修远兮，吾将上下而求索。

这是“物格”。鲁迅先生受了此八句的启发，由此八句而在自己心中生出一种东西，是兴，是物格，用以象征近代人生观之进取、努力，而非哀乐、颓废。我们今天这样讲解，则又是“格物”了。

诗要有心有物，心到物边是“格物”，物来心上是“物格”。即心即物，即物即心，心物一如，此为诗前之功夫，如此方能开始写诗。

《文心雕龙[①]·物色》：“物色之动，心亦摇焉。”此“物色之动”，是生发之意，如草之绿、花之红、树木发芽。诗人所以写，不仅写花、写草，“心亦摇焉”。若仅有“格物”，没有“物格”，不能活动。

吾人读书，也当如此，否则是读死书。鲁迅先生读《离骚》，以其中八句题《彷徨》扉页上，立即《离骚》便活起来了。这样才不是读死书。

诗法之表现是人格之表现，人格之活跃。要在诗的字句上看出作

① 《文心雕龙》：南朝萧梁文学理论家刘勰所作，为中国文学批评史第一部系统阐述文学理论之专著，以“深得文理”而著称。

者人格。

如王绩[①]“树树皆秋色，山山唯落晖”（《野望》）数语，不要以为所表现的是心外之物，它是心内，表现王无功之孤单寂寞，故其后曰“相顾无相识，长歌怀采薇”，令人起共鸣。于此可悟“心外无物，物外无心”。即白乐天《琵琶行》之“转轴拨弦三两声，未成曲调先有情”“东船西舫悄无言，唯见江心秋月白”，亦是即心即物，即物即心。

我们无妨把“心”与“物”看为二，而须尊重物，尊重所写的对象。

对物，要在物中看出其灵魂，“我见青山多妩媚，料青山、见我应如是。情与貌，略相似”（辛稼轩《贺新郎》）。

陶渊明写鸟，并不是将鸟与自己看为二事，“是法平等，无有高下”（《金刚经》）。

心——内、精神，物——外、物质。

平常心与物总是不合，所谓不满意，皆由内心与外物不调和。大诗人最痛苦的是内心与外物不调和，在这种情形下出来的是真正的力。外国诗人好写此种“力”，中国诗人好写“心物一如”之作，不

---

① 王绩（589—644）：字无功，号东皋子，绛州龙门（今山西河津）人。初唐诗人，多写田园隐逸。

>>> 白居易《琵琶行》之“转轴拨弦三两声，未成曲调先有情”“东船西舫悄无言，唯见江心秋月白”，亦是即心即物，即物即心。图为现代顾颐《浔阳送别图》。

是力，是趣。

一是生之力，一是生之趣，然此与生之色彩非三个，乃一个。生之力与生之趣亦二而一，无力便无趣，唯在心、物一如时多生“趣”，心、物矛盾时则生“力”。

“风与水搏，海水壁立，如银墙然。”是矛盾，是力，也是趣。

由苦而得是力，由乐而得是趣，然在苦中用力最大，所得趣也最深。坐致、坐享都不好，真正的乐是由苦奋斗而得。

六

中国诗可以气、格、韵分，诗至少要于三者中占一样。

气：如太白，才气纵横，是气。但须真实具有，不可虚矫、浮夸。如不是铁，无论如何炼不成钢。

格：盖即字句上的功夫，“锤炼”。老杜“晚节渐于诗律细”（《遣闷戏呈路十九曹长》），必胸有锤炉始能锤炼。

韵：玄妙不可言传。弦外余韵，先天也不成，后天也不成，乃无心的。必须水到渠成，瓜熟蒂落。神韵必发自内，不可自外敷粉，应如修行正果，不可有一点勉强，故又可说是自然的（非大自然之自然）。

中国诗最讲诗品、诗格。中国人好讲品格。西洋有言曰：我们需要更脏的手，我们需要更干净的心。更脏的手什么事都能做。中国人讲究品格是白手，可是白得什么事全不做，以为这是有品格，非也。所以中国知识分子变成身不能挑担，手不能提篮。现在人只管手，手很干净，他心都脏了、烂了，而只要身上、脸上、手上干净。我们讲品格，可是要讲心的品格，不是手的干净。

书亦有书的品格，好书“天”“地”都宽，宽绰有余。此是中国艺术文学的灵魂。

诗的成分：觉、情、思。

诗中最要紧的是情，直觉直感的情，无委曲相。一切有情，若无情便无诗了。河无水曰干河、枯河，实不成其为河。有水始可行船润物；然若泛滥而无归，则不但不能行船润物，且可翻船害物。诗中之情亦犹河中之水。

思，思想，不是构成文学之唯一要素，而是要素之一。思想是生活经验的反响，生活经验是向内的，反响是向外的。诗的思想不是格言，格言是凝固的，是化石，不是诗。思想要经过感情的渗透、过滤，故思想中皆要有感情色彩，否则只是化石的格言而已。陶渊明“种豆南山下”一诗的思想，真经过感情的渗透。陈后山《丞相温公挽词》云“时方随日化，身已要人扶”（其二），这是思想，但不可为诗之内容，以其未经过感情之渗透，是凝固的化石。

若但凭感觉而无思想，易写得肤浅，流于鄙俗，故“觉”亦要经

>>> 诗中最要紧的是情，直觉直感的情，无委曲相。一切有情，若无情便无诗了。河无水曰干河、枯河，实不成其为河。有水始可行船润物；然若泛滥而无归，则不但不能行船润物，且可翻船害物。诗中之情亦犹河中之水。图为现代傅抱石《平沙落雁》。

过感情的渗透、过滤。

以情为主，以觉、思为辅，皆要经过情的渗透、过滤。否则，虽格律形式是诗，而不能承认其为诗。

人有感觉、思想，必加以感情的催动，又有成熟的技术，然后写为诗。

人无不受外界感动，而表现有优劣。技术之厚薄尚乃浅而言之，深求之则有诗眼问题。

凡作品包括：（一）情感；（二）思想；（三）精神。前二者打成一片而在诗中表现出来的作风即作者之精神。情感加思想等于作风，而作者精神从作风中表现出来。

人无思想等于不存在。《诗》《骚》、曹、陶、李、杜其作品今日仍存在，其作品不灭，作风不断。作品，即篇章；作风，乃情，风者，精神之表现于外者。后世作伪诗之诗匠，即因其作品不能"常"，精神不能不断。佛家所谓"常"是不灭。

Style，不但难翻，而且难讲。如曹、陶、杜之不同，即各人style（风格、风度）不同。

曹、陶、杜各有其作风，三人各有其苦痛。

欣赏别人的痛苦是变态、残忍；还有一种是白痴，毫无心肝。文学上变态固可怕，但白痴更可怕。这种人便毫无心肝，不要说思想，根本便没感觉。欣赏田家乐者盖皆此种人。

人摔倒把他扶起来，只要出于本心，不求名利，这是好人；若有他心，便不成。若有见人摔倒解恨，这也是汉子。若见人摔倒光看着，是白痴。而中国人写田家、渔家，只看着，是麻木不仁。

诗中非不能表现理智，唯须经感情之渗透。文学中之理智是感情的节制，感情是诗，感情的节制是艺术。普通人不是过，便是不及。

李商隐《蝉》“五更疏欲断，一树碧无情”，上句尚不过写实，下句真好，是感情的节制，诗之中庸。

陶渊明诗有丰富热烈的感情，而又有节制，但又自然而不勉强。

在生活有余裕时才能产生艺术，文学亦然。余裕即时间和余力，与闲情逸致不同。闲情逸致是没感情、没力量的，今说“余裕”是真掏出点感情、力量来。

>>> 人无思想等于不存在。《诗》《骚》、曹、陶、李、杜其作品今日仍存在，其作品不灭，作风不断。图为明代崔子忠《藏云图》。

诗本是抒情的。但近来我觉得诗与情几乎又是不两立的。诗是抒情的，但情太真了往往破坏诗之美；反之，诗太美了也往往遮掩住诗情之真，故情深与辞美几不两立。必求情真与诗美之调和，在古今若干诗人中很少有人能作到此点之完全成功。

普通都以为韵文表现感情，余近以为韵文乃表现思想。余之所谓思想，乃是从生活得来的智慧，以及对生活所取的态度。既不能禁止思想，就要使思想“转”出点东西来，不使之成为胡思乱想。

曹、陶、杜各有思想，即对人生取何态度，如何活下去。中国后来诗人之所以贫弱，便因思想贫弱。

一切议论、批评不见得全是思想，因为不是他那个人在说话，往往是他身上“鬼”在说话。“鬼”——传统精神，不是思想，是鬼在作祟。

情见、知解，情见就是情，知解就是知。

诗人有两种：（一）情见，（二）知解。中国诗人走的不是知解的路，而是情见的路。陶公之诗与众不同，便因其有**知解**。

“向阳门第春常在，积善人家庆有余。”这之中有哲理而不是诗，便因其知解太多。

宗教家之写诗，如但丁之《神曲》。这样的作品是宗教的诗，而且这么伟大，只有西洋会有。他本身是虔诚的教徒，而又是一个有情见、有知解的诗人。

诗中不仅可以说理，而且还可以写出很可贵的作品、不朽之作，使人千百年后读之尚有生气。不过，诗中说理不是哲学论文的说理。其实，高的哲学论文中也有一派诗情，不但有深厚哲理，且含有深厚诗情。如《论语》及《庄子》之《逍遥游》《养生主》《秋水》等篇。“子在川上曰：‘逝者如斯夫，不舍昼夜。’”（《论语·子罕》）不但意味无穷（具有深刻哲理），而且韵味无穷（富有深厚诗情）。

诗中可以说理，然必须使哲理、诗情打成一片，不但是调和，而且是成为“一”，虽说理绝不妨害诗的美。

前人论诗常用“意”字——诗意、用意。今所谓“意”，与古不同，彼所谓“意”皆是区别“人我是非”。

世俗所谓理，都是区别人我是非，是相对的。诗所讲“意”，应是绝对的，无是非长短。

“意”等于“理”。诗可以说理，然不可说世俗相对之理。凡最大的真实皆无是非、善恶、好坏之可言。真实与真理不同，真实未必是真理，而真理必是真实，说理应说如此之理。

>> > 高的哲学论文中也有一派诗情，不但有深厚哲理，且含有深厚诗情。如《论语》:“子在川上曰:‘逝者如斯夫，不舍昼夜。’”不但意味无穷，而且韵味无穷。图为明代戴进《孔子全身像》。

诗宁可不伟大。虽无歌德《浮士德》式之作品，而中国有中国的诗，因其真实，诗虽小而站得住。中国有的小诗绝句甚好，二十八字，不必伟大，而不害其为诗，即因其真实。

现在作品多是浮光掠影，不禁拂拭，使人感觉不真实、不真切。不真实还不要紧，主要要使人感觉真切。如变戏法，不真实而真切，变"露"了倒很真实，可那不成。

文学上是允许人说假话的，电影、小说、戏曲是假的，但那是艺术。读小说令人如见，便因其写得真实。但不要忘了，我们说"假话"是为了真。如诸子寓言，如佛法讲道，都说小故事，但都是为了表现真。

印象派与写实不同，印象派虽也有描写对象，但对对象的处理方法不同。写实，客观，太尊重对象，有时抹杀自己。印象派对物象之处理以自己做主。中国画家多是印象，不是如实的写实。

诗人之幻想亦颇关紧要，无一诗人而无幻想者。老杜虽似写实派诗人，其实幻想颇多。

但诗人的幻想非与实际的人生联合起来不可，如此才能成永久不磨灭的幻想；否则是空洞，是 castles in air，空中楼阁。

德国歌德《浮士德》中之妖魔，虽是其幻想，乃其人生哲学、人生经验；但丁《神曲》游地狱、上天堂，亦其人生哲学、人生经验，故成为伟大。

出淤泥而不染才可贵，豆芽菜根本不在泥中，可怜淡而无味。长吉[①]幻想虽丰富，但偶见奇丽而无长味。必植根于泥土中（即实际人生），所开幻想之花才能永久美丽。

极美丽之花朵，其肥料是极污秽之物。近代青年不肯实际踏上人生之路，不肯亲历民间生活，而在大都市中梦想乡民生活，故近代文学难以发展。

象征非幻想，但必须有幻想、有联想的作家，才能有象征的作品。象征多是幻想；譬喻多是联想，如“眉似远山山似眉”，眉与远山，二者皆实有，唯诗能将不相干之二者联而为一耳。至于象征、幻想，则是根本无此事物。《离骚》“制芰荷以为衣兮，集芙蓉以为裳”，乃现实所不能有，而诗人笔下有，且是真实的有。

幻想又非理想。理想是推论，有阶段性；幻想无阶段，是跳跃的，非理想，而其中又未尝无理想。否则不会成为象征，诗人笔下之幻想若无象征，则不成其为诗。

---

① 长吉：李贺（790—816），字长吉，福昌昌谷（今河南宜阳）人。中唐诗人，有“诗鬼”之称。

>> > 屈原之象征，司马迁能懂。《史记·屈原列传》："其志洁，故其称物芳。"图为司马迁像。

屈原之象征，司马迁能懂。《史记·屈原列传》：“其志洁，故其称物芳。”此二句互为因果。作者：志洁→物芳；读者：物芳→志洁。所象征的是洁，即不同乎流俗，高出于尘世。

七

古代诗人的人生有五种境界。

（一）出世。获得精神的自由。

（二）入世。强有力，奋斗，挑战。屈原《离骚》有奋斗精神，而为伤感色彩所掩；老杜奋斗中亦有伤感气氛。反常必贵，物稀为贵。在寂寞中得大自在，在困苦中得奋斗力，是反常，所以可贵。但反常有时又可为妖，反常而不可为妖，要归于正。

（三）蜕化。既非出世的一丝不挂，又非入世的挑战、奋斗，是“结庐在人境，而无车马喧”（陶渊明《饮酒二十首》其五）。这种境界是欢喜还是苦恼？这种是人情味的，然亦非常人所能，如陶公之将入世、出世打成一片。

（四）寂寞。此中又有两种不同者：一为寂寞；一为能欣赏寂寞的，如“终日昏昏醉梦间，忽闻春尽将登山。因过竹院逢僧话，又得浮生半日闲”。

（五）悲伤。五种诗人中，前四种都有点勉强、做作，后一种最人情味。寂寞中感到孤独的悲哀，而此种也是最不振作、最没出息的。孤独之极，是强有力还是悲哀？

伤感是暂时的刺激，悲哀是长期的积蓄，故一轻一重。诗里表现悲哀，是伟大的；诗里表现伤感，是肤浅的。如屈子、老杜所表现之悲哀，右丞是没有的。

> 渭城朝雨浥轻尘，客舍青青柳色新。
> 劝君更尽一杯酒，西出阳关无故人。
>
> （王维《送元二使安西》）

以纯诗而论，以为艺术而艺术而论，前两句真是唐诗中最高境界；而人易受感动的是后两句，西出阳关，荒草白沙，没无人迹，其能动人即因其伤感性打动人的心弦。

伤感最没用。诗中之伤感便如嗜好中之大烟，最害人而最不容易去掉。

平常写诗都是伤感、悲哀、牢骚，若有人能去此而写成好诗真不容易，如烟中之毒素，提出后味便减少；若仍能成为诗，那是最高的境界。文艺将来要发展成为没有伤感、悲哀、牢骚而仍能成为好的文学作品。

不好的作品坏人心术、堕人志气。坏人心术，以意义言；堕人志气，以气象言。

人要做事，便当努力去做事，有理说理，有力办事，何必伤感？何必愤慨？见花落而哭，于花何补？于人何益？

一个大思想家、宗教家之伟大，都有其苦痛，而与常人不同者便是他不借外力来打破。

禅宗语录有言：或问赵州和尚："佛有烦恼么？"曰："有。"曰："如何免得？"曰："用免作么？"[①] 这真厉害。

平常人总想免。

人对烦恼苦痛，可分三等：

第一等人，不去苦痛，不免烦恼，"不断烦恼而入菩提"（《维摩诘经》）。烦恼是人的境界，菩提是佛的境界，唯佛能之。烦恼、苦痛在这种人身上，不是一种负担，而是一种力量、动机。

第二等人，能借外来事物减少或免除苦痛烦恼。如波特来尔

---

① 《古尊宿语录》卷十三："师上堂云：'…… 佛即是烦恼，烦恼即是佛。'问：'佛与谁人为烦恼？'师云：'与一切人为烦恼。'云：'如何免得？'师云：'用免作么？'"赵州和尚（778—897），法号从谂，因曾居于赵州，人称赵州和尚。赵州和尚是中国禅宗史上最有影响的代表人物。

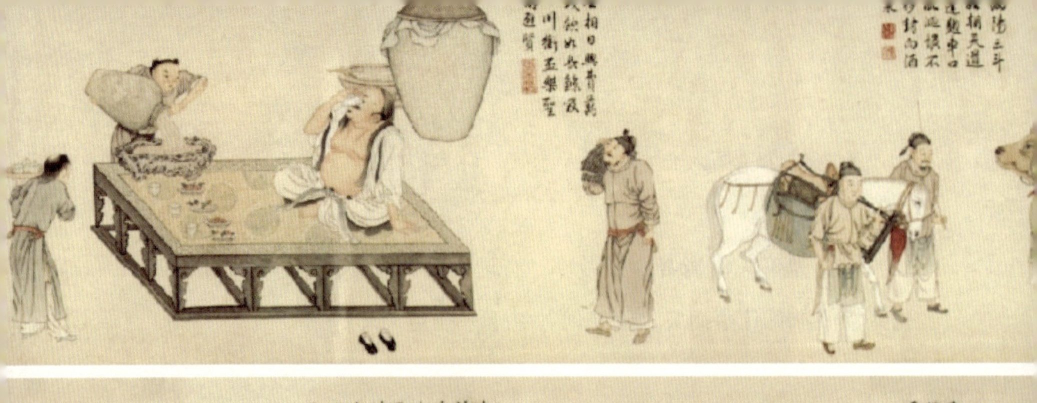

>>> 诗人不是宗教家，很难不断烦恼入菩提；而又非凡人，苦恼实不可免。于是要解除，所以多逃之于酒。图为清代程梁《饮中八仙图》。

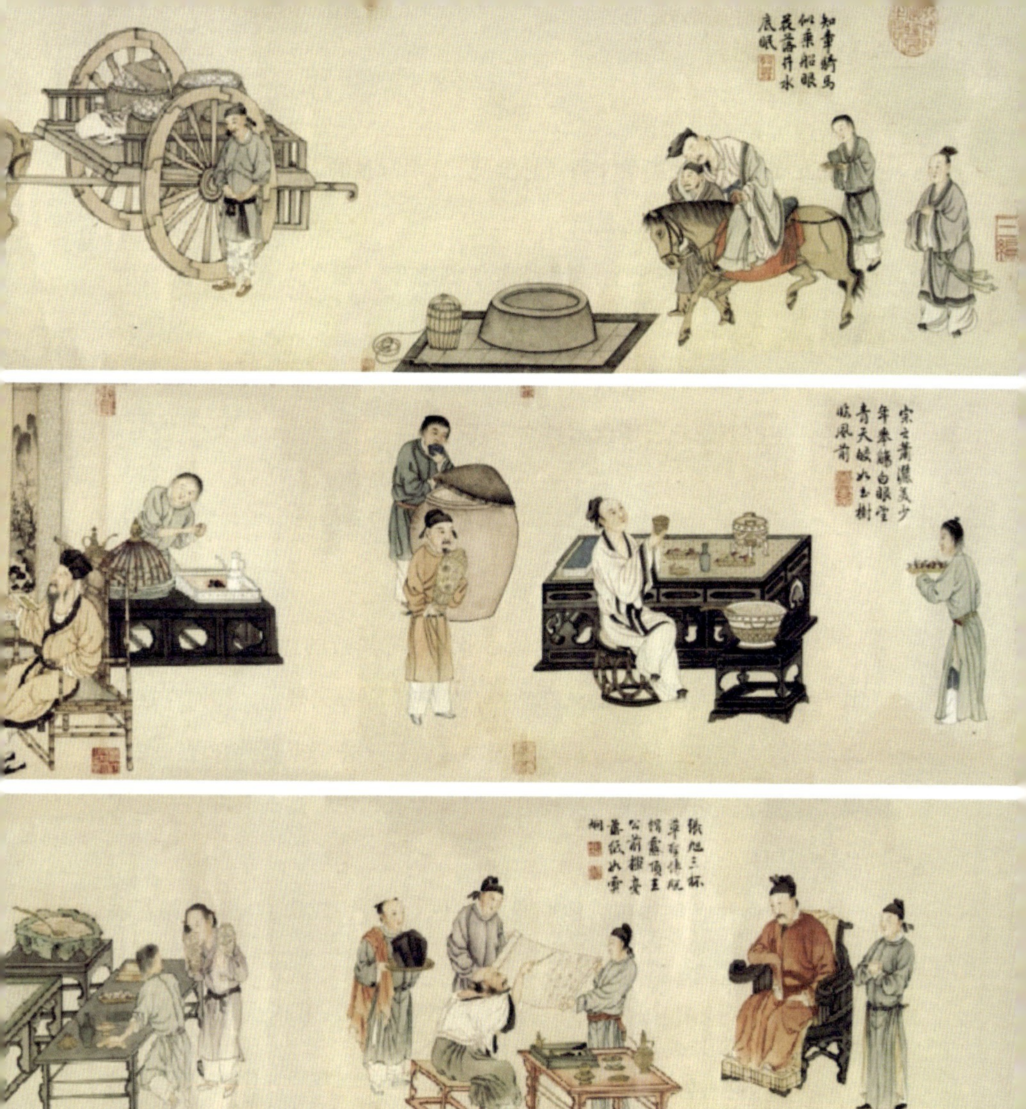
知章騎馬似乘船眼花落井水底眠
宗之蕭灑美少年舉觴白眼望青天皎如玉樹臨風前
張旭三杯草聖傳脫帽露頂王公前揮毫落紙如雲烟

（Baudelaire）[1]有一篇散文诗《你醉吧》，不只是酒，或景致，或道德，或诗，不论什么，总之是醉。

第三等人，终天生活于苦痛烦恼之中，整个人被这种洪流所淹没。

诗人不是宗教家，很难不断烦恼入菩提；而又非凡人，苦恼实不可免。于是要解除，所以多逃之于酒。

《庄子·养生主》：技也，近乎道矣。[2]

如王羲之写字，一肚子牢骚不平之气（失败的悲哀），都集中在写字上了；八大山人[3]的画亦然。在别的方面都失败了，然而在这方面得到极大成功。假如分析其心理，这就是一种"报复"心理。在哲学、伦理学上讲，报复不见得好；但若善于利用，则不但可"一艺成名"，甚且"近乎道矣"。

右军一生苦痛得很，他事业失败了，而写字成功了。曹孟德若事

---

① 波特来尔（1821—1867）：今译波德莱尔，法国 19 世纪诗人，现代派鼻祖、象征派诗歌先驱，代表作有诗集《恶之花》。

② "技近乎道"：《庄子》无是说，疑为依据《庄子》有关技、道言论提炼而得。《庄子·养生主》有言："道也，进乎技矣。"《庄子·天地》有言："故通于天者，道也；顺于地者，德也；行于万物者，义也；上治人者，事也；能有所艺者，技也。技兼于事，事兼于义，义兼于德，德兼于道，道兼于天。"

③ 八大山人（约 1626—1705）：原名朱耷，明太祖朱元璋十六子宁王朱权九世孙，明末清初画家。八大山人为其晚年所用之号，寓意深刻。盖其于画作署名时，常把"八大"和"山人"竖着连写，前二字连写似"哭"字，又似"笑"字，而后二字连写则似"之"字，合之则为"哭之笑之"，即哭笑不得之意。

>>> 王羲之写字，一肚子牢骚不平之气，都集中在写字上了；八大山人的画亦然。在别的方面都失败了，然而在这方面得到极大成功。图为清代八大山人的花鸟画。

业上失败，其诗一定更成功。

“文章尤忌数悲哀。”（王安石《李璋下第》）文忌悲哀，是否因悲哀不祥？我以为，不是写这样的文章倒霉，其实是倒霉之人才写悲哀文章。而我之立意并不在此。一个有为的人是不发牢骚的，不是挣扎便是蓄锐养精，何暇牢骚？

“去昏散病，绝断常坑”——佛教话头。佛教所谓“话头”是“格言”，唯句法与我们常用的不同。

去“昏”方有聪明，去“散”方能集中。

与“断”相对的是“长”，此与句中“断常”之“常”不同，乃长久之意。道心、诗心、文心是一个，都不能“断”，一“断”便完了。要长、久、恒，那便是“非断”。“断常”之“常”乃“俗”之意。世俗的感情是传统的，传统的便不是真的，自己没有真知灼见，只是人云亦云。自己运用自己的思想，便是“非常”。故学道之人要“去昏散病，绝断常坑”。

陶渊明对这八个字算做到了。但佛家如此是要成佛作祖，而陶公之如此并非要成佛作祖，是想做人。其实要想做一个像样的、不含糊的人，便须如此。

八

做诗人是苦行，一起情绪须紧张（诗感），又须低落沉静下去，停在一点；然后再起来，才能发而为诗。诗感是诗的种子，佳种；沉落下去是酝酿时期；然后才有表现。

诗的表现：（一）诗感，（二）酝酿，（三）表现。诗是表现，不是重现。事、生活（酵母）→酝酿→文（作品），“事”的“真”不是文学的真，作品不是事的重现，是表现。

表现不是暴露，表现是自然的，作者“无心”地（自然）流露，读者有意地领会。诗人见花想到美人，禅师见花悟到禅机，皆此类也。陆机[①]《文赋》云：“石蕴玉而山辉，水怀珠而川媚。”“蕴”“怀”，正是表现的反面，“蕴”“怀”是作者无心流露，“山辉”“川媚”是读者有意领会。山本无意于辉，水本无意于媚。

人或谓文学是重现，我以为文学当是重生。无论情、物、事，皆复活，重生。看时是物，写时非物，活于心中；或见物未必即写，而

① 陆机（261—303）：字士衡，吴郡华亭（今上海松江）人。西晋太康文学代表人物，与其弟陆云合称“二陆”。所著《文赋》为中国文学批评史上第一篇系统阐述创作论的文章。

可保留心中，写时再重生。故但为客观，尔为尔，我为我，互不相干，则难描写好。

但丁的《神曲》、歌德的《浮士德》，他们一辈子就活了这么一首诗，此其生活的结晶而非重现。

语言文字到说明已落下乘，说明不如表现。

文学之好处在于给人以印象而不是概念。

稼轩[①]之“拍手笑沙鸥，一身都是愁”（《菩萨蛮·金陵赏心亭为叶丞相赋》），此虽不甚好，但给人的还是印象。

稼轩《满江红》（莫折荼蘼）一首中“见时节换，繁华歇”虽也是概念，但前边“榆荚阵，菖蒲叶”二句为印象。

张炎[②]之“见说新愁，如今也到鸥边”（《高阳台·西湖春感》），该是什么样子呢？只给人以概念，不给人以印象。

---

① 稼轩：即辛弃疾。辛弃疾（1140—1207），原字坦夫，改字幼安，号稼轩，山东历城（今山东济南）人。南宋中期词坛大家，与苏东坡并称“苏辛”，有《稼轩长短句》。

② 张炎（1248—1320？）：字叔夏，号玉田，又号乐笑翁，凤翔府成纪（今甘肃天水）人，寓居临安（今浙江杭州）。宋末词人、词论家，有《山中白云词》《词源》。

竹山[1]词《南乡子》（泊雁小沙洲）中“准拟架层楼。望得伊家见始休”两句尚好，至“化作相思一片愁”句，但只给人概念，没有印象。“相思一片愁”该是什么样？

写诗有两件事非小心不可。

一为写实。既曰写实，所写必有实在闻见，便当写成使读者读之也如实闻实见才算成功。如白乐天，不能算大诗人，而他写《琵琶行》《霓裳羽衣歌》，真写得好，有此本领才可写实。但只写到这一步也还不行。诗原是要使人感觉出个东西来，它本身成个东西，而使读者读后另生出一个东西来。故写实不是那个东西不成，仅是也还不行。旧写实派便是写什么像什么，诗的写实必是新写实派。所以只说山青水绿、月白风清不行，必须说了使人听过另生一种东西。这就必从旧写实作起，再转到新写实。

二为说理。有人以为文学中不可说理，不然。天下岂有无理之事、无理之诗？不过说理真难。说理绝不可是征服，以力服人非心服也，以理服人也非心服。说理不该是征服，该是感化、感动；是说理而理中要有情。人受了感动有时没理也干，没理有情尚能感人，况情理兼至，必是心悦诚服。

故写实必是新写实，说理该是感动。

---

① 竹山：蒋捷，字胜欲，号竹山，阳羡（今江苏宜兴）人。宋末词人，有《竹山词》。

>>> 白居易不能算大诗人，而他写《琵琶行》《霓裳羽衣歌》，真写得好，有此本领才可写实。图为清代黄慎《乐天炼句图》。

楚辞思想深而诗味亦浓厚。所谓思想，乃诉诸读者的理解力，但往往因此减少诗之美。“嫋嫋兮秋风”（屈原《九歌·湘夫人》），没有思想，纯是诗之美；“吾令羲和弭节兮，望崦嵫而勿迫。路曼曼其修远兮，吾将上下而求索”，有思想而亦有诗的美；此除使读者理解外，尚有直觉的美。

若作诗仅能让人理解，不好。须令人有直觉的美。这就是静安所谓“不隔”[①]。楚辞表现思想而又有诗的美，即因能令人有直觉的美。

诗之美是最大真实，而虚无缥缈、不可捉摸，可意会不可言传。

诗中可表现人的思想，而忌发议论。诗人可以给读者一种暗示，而不能给人教训。诗是美的，岂可以教训破坏之？

① “隔”与“不隔”之说，见王国维《人间词话》：“问‘隔’与‘不隔’之别。曰：陶谢之诗不隔，延年则稍隔矣；东坡之诗不隔，山谷则稍隔矣。‘池塘生春草’、‘空梁落燕泥’等二句，妙处唯在不隔。词亦如是。即以一人一词论，如欧阳公《少年游·咏春草》上半阕云：‘阑干十二独凭春，晴碧远连云。千里万里，二月三月，行色苦愁人。’语语都在目前，便是不隔。至云‘谢家池上，江淹浦畔’，则隔矣。白石《翠楼吟》：‘此地，宜有词仙，拥素云黄鹤，与君游戏。玉梯凝望久，叹芳草萋萋千里。’便是不隔。至‘酒祓清愁，花消英气’，则隔矣。然南宋词虽不隔处，比之前人，自有浅深厚薄之别。”

>>>“嫋嫋兮秋风”（《九歌·湘夫人》），没有思想，纯是诗之美。图为明代文徵明《湘君湘夫人图》。

诗中发议论，老杜开其端，但抓住了诗的音乐美，是诗；苏、黄诗中发议论直是散文，即因诗之音乐美不足。韩学杜，苏、黄学韩，一代不如一代。

九

移情作用——感情移入。

人演剧有两种态度，一以自身为剧中人，一以冷眼观察。

大作家之成功盖取后一种态度，移情作用，同时保持文艺之调整。一个热烈作家很难看到他调整完美之作品。西洋文学之浪漫派即难得调整，乃感情主义，反不如写实主义易得较完美作品。浪漫主义易昏，写实主义明净。

热烈感情不能持久，故只任感情写短篇作品尚好，不能写长篇，以其不能持久。盖感情热烈时，不能如实地去看。

动作、感情、理智的关系：动作←感情←理智，即以感情推动作，以理智监视感情。

长篇作品有组织、有结构，是理智的，故不能纯用感情。诗需要

>>> 苏黄诗中发议论直是散文，即因诗之音乐美不足。图为清代金子征《摹宋人春园琵琶图》。

感情，而既用文字表现，须修辞，即理智。

近之诗人多在场时不观察，无感觉，回来作诗时另凑。应先有感情，随后有理智追上。

创作必有安定情绪。然则没有安定心情、安定生活便不能创作了吗？不然。没有安定生活，也要有安定心情。要提得起放得下。在不安定生活下，也要养成安定心情，许多伟人之成功都是如此。

无论写多么热闹、杂乱、忙迫之事，心中也须沉静。假如没有沉静，也不能写热烈激昂。因为你经验过了热烈激昂，所以真切；又因你写时已然沉静，所以写出更热烈激昂了。悲哀苦痛固然足以压迫人，使人写不出东西来，太高兴也写不出来。

英抒情诗人华兹华斯（Wordsworth）[1]之言曰："诗起于沉静中回味得来的情绪。"

可见诗一是须有情绪，不必有思想判断，虽然也可以有，但主要是情绪。二是情绪需要保持，如酵母。情绪可以成诗，但须经酝酿，即回味。第三条件是沉静（时间），因酵母发酵须一段时间。

华兹华斯之言对，但只对了一面，我们还要承认另一面，虽然也要承认必须沉静。

---

① 华兹华斯（1770—1850）：英国浪漫主义先驱诗人、湖畔派领袖，与友人柯勒律治（Coleridge）共同出版《抒情歌谣集》。

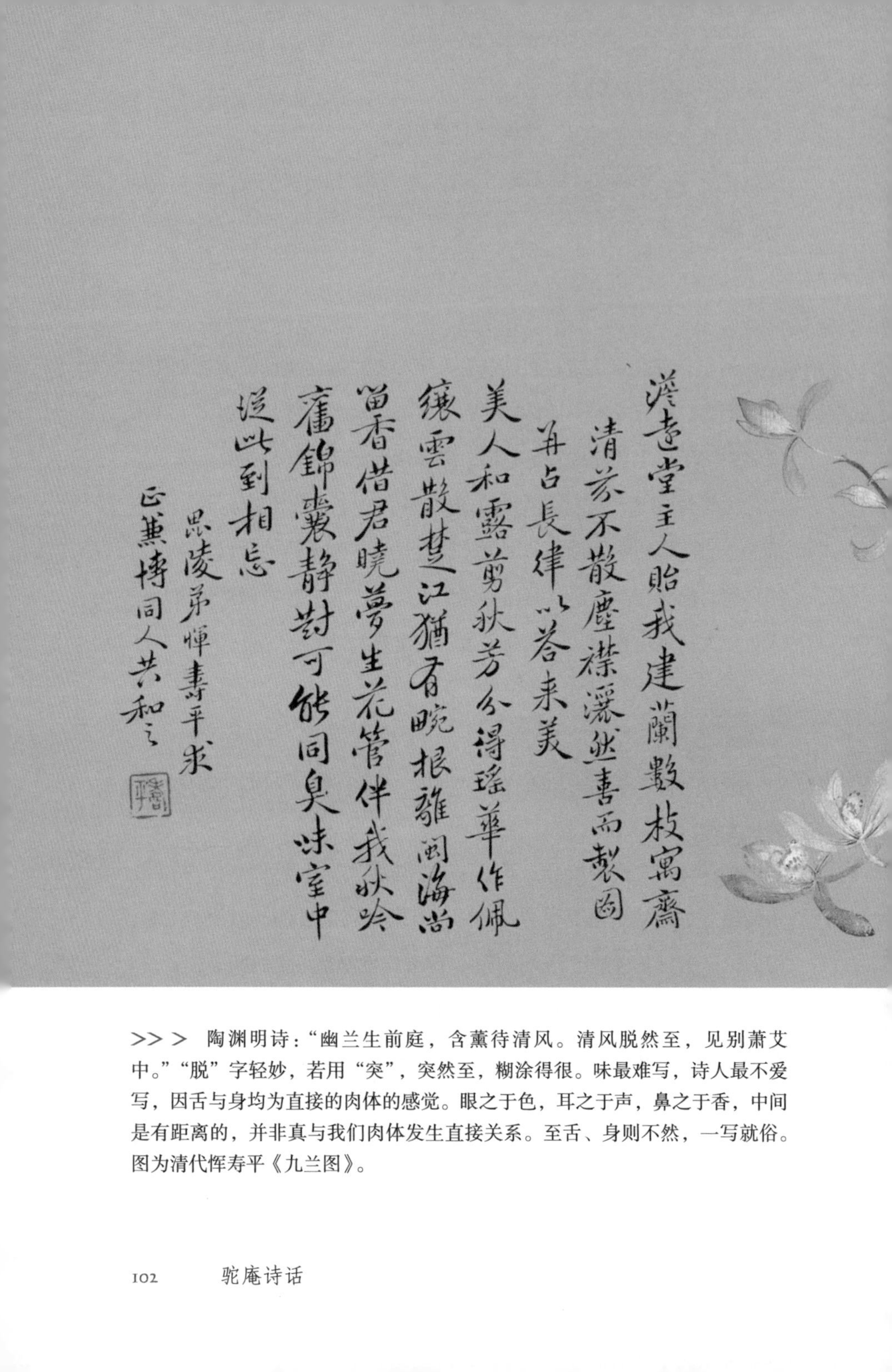

>>> 陶渊明诗："幽兰生前庭，含薰待清风。清风脱然至，见别萧艾中。""脱"字轻妙，若用"突"，突然至，糊涂得很。味最难写，诗人最不爱写，因舌与身均为直接的肉体的感觉。眼之于色，耳之于声，鼻之于香，中间是有距离的，并非真与我们肉体发生直接关系。至舌、身则不然，一写就俗。图为清代恽寿平《九兰图》。

"观"必须有余裕。力使尽时不能观自己，只注意使力则无余裕来观，诗人必须养成无论在任何匆忙境界中皆能有余裕。孔子所谓"造次必于是，颠沛必于是"（《论语·里仁》），"造次"即匆忙之间，"颠沛"即艰难之中，"必于是"，心仍在此也。今借之以论诗。作诗亦当如此，写作时应保持此态度。并非有余裕即专写安闲，写紧张亦须有余裕。客观的描写必有余裕。

既生活就要观察，就要尝出个滋味。客观地看，文学不但允许一部分罪恶存在，而且还要去观察、欣赏它。"月黑杀人地，风高放火天"，比那无聊文人饮酒看花还不道德，但亦可写为诗，便因其得到其中之意、味、趣，宗教不承认，而文学承认。

佛家"六根"乃眼、耳、鼻、舌、身、意，前五种为外（有形），意为内（无形）。

感觉中最发达的乃是眼，诗人写眼（色）写得最多而且好。耳则稍差。声音尚易写，有高低、大小、宏纤、长短，只要抓住这个字，就是那声音。写鼻就不大容易。老杜"心清闻妙香"（《大云寺赞公房四首》其三），这也只是说明，不是表现。我们并感不到"香"是怎样"妙"，"心"是怎样"清"。陶渊明诗："幽兰生前庭，含薰待清风。清风脱然至，见别萧艾中。"（《饮酒二十首》其十七）第三句好，"脱"字轻妙，若用"突"，突然至，糊涂得很。可惜末一句也是说明了。

味最难写，诗人最不爱写，因舌与身均为直接的肉体的感觉。眼之于色，耳之于声，鼻之于香，中间是有距离的，并非真与我们肉体发生直接关系。至舌、身则不然，没有灵，只剩肉体感觉，一写就俗。

感觉愈亲切，说着愈艰难，还不仅是因为俗，太亲切便不容易把它理想化了。

要写什么，你同你所写的人、事、物要保持一相当距离，才能写得好。经验愈多，愈相信此语。读者非要与书打成一片才能懂得清楚，而作者却须保有相当距离。所以最难写的莫过于情书，凡写情书写得好的，多不可靠。

人之聪明，写作时不可使尽。陶渊明十二分力量只使十分，老杜十分力量使十二分，《论语》十二分力量只使六七分，有多少话没说。词中大晏[①]、欧阳[②]之高于稼轩，便因力不使尽。文章中《左传》比《史记》高，《史记》有多少说多少。

所谓十分聪明别使尽亦有两种，一种是有机心，一种是自然的。

---

① 大晏：即晏殊。晏殊（991—1055），字同叔，抚州临川（今属江西）人。宋初词人，被誉为“北宋倚声家初祖”，与其子晏几道合称“二晏”或“大小晏”，有《珠玉词》。

② 欧阳：即欧阳修。欧阳修（1007—1073），字永叔，号醉翁，又号六一居士，庐陵（今江西吉安）人。北宋前期文坛领袖，倡导诗文革新运动。以余力作词，有《六一词》。

>>> 陶渊明十二分力量只使十分，杜甫十分力量使十二分，《论语》十二分力量只使六七分，有多少话没说。图为清代石涛《陶渊明诗意图册》(五)。

诗人之力如牛、如象、如虎，而感觉必纤细。晚唐诗人感觉纤细，老杜感觉不免粗，但有时也细，如“圆荷浮小叶，细麦落轻花”（《为农》）。不过，纤巧之句与其作入诗中，不如作入词中。

陆放翁句：“文章本天成，妙手偶得之。”（《文章》）此话非不对，然此语害人不浅。希望煮熟的鸭子飞到嘴里来，而天下岂有不劳而获之事？“妙手偶得”是天命，尽人事而听天命。“妙手”始能“偶得”，而“手”何以能“妙”？

诗最高境界乃无意，如王维“雨中山果落，灯下草虫鸣”，岂止无是非，甚至无美丑。如此方为真美，诗的美。“孤莺啼永昼，细雨湿高城”（陈与义《春雨》），亦然。

但现在不允许我们写这种超世俗、超善恶美丑的诗了。因为我们没有暇裕。现在岂止不写，就是欣赏也须有心的暇裕方能欣赏。因此，古人作诗可以无意，而我们现在作诗要有意。

读书与创作是两回事，有人尽管读书多，而创作未必好。而且古时书很少，屈原读过几本书？他所用的典故，并非得之于书，而是民间传说。

读书是自己之充实，是受用，是愉快。精神的充实之外，更要体

>>> 晚唐诗人感觉纤细，老杜感觉不免粗，但有时也细，如“圆荷浮小叶，细麦落轻花”（《为农》）。图为现代吕凤子《荷》。

力之充实，充实则饱满，饱满则充溢，然后结果自然流露。

人要自己充实精神、体力，自然流露才好。不要叫嚣，不要做作。

明张宗子（岱）[1]云："若以有诗句之画作画，画不能佳；以有画意之诗作诗，诗必不妙。"（《琅嬛文集·与包严介》）

昔者杜工部写鹰、写马，千载之下，我辈读之，还觉纸上有活鹰、活马。然此正是诗，却断断乎不是画。工部又尝写画鹰与画马之诗，然此依然是诗，而不是画也。

吾于画一无所知，此刻亦无从说起。若夫诗人作诗，则余以为完全是写他的内心，哪怕是写外物，也并不像寻常之写生画，支了画板，手执画刷，抬头先看一眼自己所要画的事物，于是低头着笔刷一下颜色。在这里应该用陆士衡《文赋》中的话——"收视反听"。曰"收"，曰"反"，则此视、听自然不是向外而是向内了。若以此理推之，则老杜之赋鹰、赋马，简直就不是活的外界的鹰和马，而是内心的一种东西。说是印象有时也还不成，所以者何？印象也只是一种静止的观念，而并非诗的动机耳。

但有外表没有内容，不成；但有内容没有外表，也不成，如人之

① 张岱（1597—1679）：字宗子，又字石公，号陶庵，山阴（今浙江绍兴）人。明末清初文学家、史学家，犹长于文，著有《琅嬛文集》《陶庵梦忆》《西湖梦寻》等。

有灵有肉，灵肉二元必须调和为一元。

修辞是功夫，“工欲善其事，必先利其器”（《论语·卫灵公》），而“利器”后尚须有材料，后之诗人多为有工具无木料之匠人，不能表达思想、描写现实。仅有工具，造出是句，不是诗。

若说到文学修养，真是“一部二十四史，从何说起”？

十

中国文字可表现两种风致：（一）夷犹，（二）锤炼。

“夷犹”，楚辞有“君不行兮夷犹”（屈原《九歌·湘君》）之句。“夷犹”，“泛泛若水中之凫”（楚辞《卜居》），说不使力如何能游？说使力而如何能自然？凫在水中是自得。

夷犹，表现得最好的是楚辞，特别是《九歌》，愈淡韵味愈深长；散文则《左传》《庄子》为代表作。屈、庄、左乃了不起天才，以中国方块字表现夷犹，表现得最好，前无古人，后无来者。后世有得一点的，欧阳修、归有光[1]在散文中得一点。

“嫋嫋兮秋风，洞庭波兮木叶下”（屈原《九歌·湘夫人》），真是纵横上下。

写大自然，缥缈、夷犹容易。屈原乃对人生取执着态度，而他的表现仍为缥缈、夷犹。如《离骚》：

> 吾令羲和弭节兮，望崦嵫而勿迫。
> 路曼曼其修远兮，吾将上下而求索。

猛一看，似思想与形式抵触，此种思想似应用有力的句子，而屈原用夷犹，表现得成功，“险中又险显奇能”（《空城计》）。如画竹成“个”字，忌“井”字，而有大画家专画“井”字，但美，此乃大天才。

夷犹不仅重在修辞，对于境界亦重要。夷犹之笔调适合写幻想意境，屈原之《九歌》多为幻想。汉朝人模仿《骚》之作品，多为劣质伪品。汉人笨（司马迁及《古诗十九首》例外），以笨人模仿《骚》当然不成，即因其根本无幻想天才。

凡修辞与作风、意境有关，故所谓夷犹乃合意境、作风言之。此多半在天生、天资，后天之学，为力甚少。用夷犹之笔调，须天生即

---

① 归有光（1506—1571）：字熙甫，别号震川，又号项脊生，昆山（今江苏昆山）人。明代中期唐宋派散文家，代表篇目有《先妣事略》《项脊轩志》《寒花葬志》等。

>>> 夷犹表现得最好的是楚辞，特别是《九歌》，愈淡韵味愈深长。图为宋代李公麟《九歌图》（摹本）。

有幻想天才。

吾人虽无夷犹、幻想天才，而亦可成为诗人，即靠锤炼。

《文心雕龙》曰："捶字坚而难移，结响凝而不滞。"（《风骨》）"坚而难移"，非随便找字写上，应如匠之锤铁；而捶字易流于死于句下，故又应注意"结响凝而不滞"。

走此路成功者唐之韩退之，宋之王安石[1]、黄山谷及江西派[2]诸大诗人，而自韩而下，皆但能做到上句，不能做到下句。

中国诗人只老杜可当此二句。杜诗"星垂平野阔，月涌大江流"（《旅夜书怀》），"垂""阔"二字乃其用力得来，"垂"字若用为"明"字则糟，"阔"从"垂"字来。"月涌大江流"不如上句好，但衬得住。又如杜以"与人一心成大功"（《高都护骢马行》）写马之伟大，以"天地为之久低昂"（《观公孙大娘弟子舞剑器行》）写舞者之动人，七字句之后三字，真是千锤百炼得来，有"响""凝"则有力。

陆机《文赋》："考殿最于锱铢，定去留于毫芒。"这是讲锤炼的手段。上文所引《文心雕龙》句乃是讲锤炼的结果。"殿"是最后的，

---

① 王安石（1021—1086）：字介甫，号半山，抚州临川（今江西临川）人。北宋政治家、文学家，有《临川先生文集》。

② 江西派：即江西诗派。江西诗派为宋代影响最大的文学流派，得名于吕本中《江西诗社宗派图》，以黄庭坚、陈师道为核心，创作上偏重书斋生活，讲求用典，推敲技巧。

公孫大孃舞劍圖

伯年画稾 趙叔孺題

>>> 杜甫以“天地为之久低昂”（《观公孙大娘弟子舞剑器行》）写舞者之动人，七字句之后三字，真是千锤百炼得来，有“响”“凝”则有力。图为清代任颐《公孙大娘舞剑图》。

“最”是最好的，“殿最”犹言优劣；“去留”如说推敲。

人谓山谷诗如老吏断狱，严酷寡恩，不是说断得不对，而是过于严酷。在黄诗中很少看出人情味，其诗但表现技巧，而内容浅薄。江西派之大师，自山谷而下十九有此病，即技巧好而没有内容，缺少人情味。

在作品中我们要看出它的人情味，如《诗经·小雅·采薇》之“杨柳依依”岂经锤炼而来？且“依依”等字乃当时白话，千载后生气勃勃，即有人情味。

功夫用到家反而减少诗之美，锤炼之结果往往仅有形式而无内容。

山谷真做到了“捶字坚而难移”，山谷思想虽空洞，而修辞真有功夫。

心似蛛丝游碧落，身如蜩甲化枯枝。

（《弈棋二首呈任公渐》其二）

欲作诗需对世间任何事皆留意。“蜩甲”即蝉蜕。蝉之蜕化必须抓住树木，不然不易蜕化，又必拱了腰。人下棋时如蜩甲然。山谷此句虽“捶字”而无“结响”。

中国文字原缺少弹力，一锤炼更没弹性。白居易之“后宫佳丽三千人，三千宠爱在一身”(《长恨歌》) 二句，亦有锤炼，而尚有弹力。后山把白居易十四字缩为五字——“一身当三千”(《妾薄命·为曾南丰作》)，此即锤炼之病，太死。若没读过白诗，不能读懂此句，此句乃借助“后宫”两句才能成立。此病即使置内容不论，文字亦缺少弹力。

中国人写诗到老年多无弹力，即过于锤炼。然锤炼之功不能不用，否则有冗句、剩字。

楚辞常用“兮”“也”等语词，如：“何昔日之芳草兮，今直为此萧艾也。岂其有他故兮，莫好修之害也。”此尚非《离骚》之警句，意思平常，而如此说来特别沉痛。若去掉其语词则没诗味。盖语词足以增加弹性。

创作亦有专不用语词者，即锤炼，乃两极端。

夷犹与锤炼之主要区别亦在弹力。

锤炼之结果是坚实。若夷犹是云，则锤炼是山，云变化无常，山则不可动摇，安如泰山，稳如磐石。

>>> 白居易之“后宫佳丽三千人，三千宠爱在一身”（《长恨歌》）二句，亦有锤炼，而尚有弹力。图为日本江户时期狩野山雪《长恨歌图》。

夷犹是软，而其中有力。此所以《骚》之不可及，乃文坛彗星，倏然来去，前无古人，后无来者。老杜诗坚实而有弹性；江西派诗自山谷起即过于锤炼，失去弹性，死于句下。

夷犹非不坚实，坚实非无弹性。

须有夷犹之天赋始可写夷犹之作品，吾辈凡人所重，应在锤炼。

盖锤炼甚有助于客观的描写。而“客观的”三字加得有点多余，凡描写皆客观。身心以外之事，自然皆为客观。然而不然。盖描写自己亦客观，若不用客观态度，不仅描写身外景物不成功，写自己亦不成功。老杜《茅屋为秋风所破歌》是有名作品，而其中描写自己常用客观态度，如“唇焦口燥呼不得，归来倚杖自叹息”，似乎在作者外尚有观者在焉。曾子“吾日三省吾身”（《论语·学而》），若非一人分而为二，何能自省？自己观察自己所做的事，不但学文时应如此，即学道亦有用。

锤炼之句法最是练习客观的描写。韩退之诗即能锤炼，故其客观描写好，如其《山石》。吾人看出其锤炼，而锤炼尚有条件，即客观有余裕。

山谷、诚斋[①]诗，千锤百炼，然人不能受其感动，只理智上觉得

① 诚斋：杨万里（1127—1206），字廷秀，号诚斋，吉州吉水（今江西吉水）人。南宋中期诗人，与尤袤、范成大、陆游合称“中兴四大家”。

好，非直觉的好。《诗》《骚》《古诗十九首》皆为直觉的好，如“杨柳依依”、如“嫋嫋兮秋风”、如“思君令人老”。老杜锤炼而尚能令人感动，山谷、诚斋则不动人，盖其出发点即理智，乃压下感情写的，故吾人感情不会为其所引动。如山谷“下棋”诗，写下棋之用心、外表甚好，而此不能触动人的感情，太客观。

然而短处即长处，长处即短处。学诗至少须练会锤炼之本领。盖吾人写诗不能离开描写，唯此乃手段，非目的，不可至此便完。江西派就以为能锤炼即可，实则此但为文学之一部分。但此功夫必须用，且此不似夷犹之不可捉摸，用一分功，得一分效。此功夫不负人。

锤炼是渐修，韩退之所谓“六字常语一字难”（《记梦》）即苦修，每字不轻轻放过。然此但为手段，不可以此为目的。“工欲善其事，必先利其器”，“利其器”是手段，“善其事”是目的。

用锤炼功夫可使字法、句法皆有根基，至少可以不俗、不弱。不俗、不弱是说字句，是从“力”来，而“力”从锤炼来，每字用时皆有衡量。

锤炼宜于客观的描写，作诗有时应利用此点。如老杜《北征》，乱后回家，对此茫茫，心中当如何？而老杜是诗人，未忘掉客观，故尚能注意路上景物。不然则归心似箭，岂能复有心情欣赏路中景色？老杜则连山上小果木皆看见：“山果多琐细，罗生杂橡栗。或红如丹

>>> 黄庭坚、杨万里的诗，千锤百炼，然人不能受其感动，只理智上觉得好，非直觉的好。图为明代周臣《闲居初夏午睡起》诗意画。

砂，或黑如点漆。”（《北征》）

客观写法是大诗人不能没有的。

凡作诗遇头绪多而复杂变化者，须用锤炼，有健句。故作长篇必须有健句支撑，尤其叙事之作品，更要健。此老杜最拿手，老杜《哀江头》是何等气概！韦庄[①]《秦妇吟》写黄巢之变，其叙事比《长恨歌》好，字句锤炼好。

不但叙事，写景亦须锤炼，如退之“芭蕉叶大栀子肥”（《山石》）。

字句之锤炼可有两种长处：

一为有力坚实，如杜甫之“星垂平野阔，月涌大江流”。

二为圆润，如孟浩然之“微云淡河汉，疏雨滴梧桐”。

韩愈诗用字坚实不及杜，圆润不及孟，但稳。

性情不同，表现感情姿态有异。

诗的姿态：（一）夷犹、缥缈；（二）坚实；（三）氤氲。

---

① 韦庄（836—910）：字端己，京兆杜陵（今陕西西安）人。晚唐诗人，花间词派重要作家。因作长篇叙事诗《秦妇吟》，人称“秦妇吟秀才”。

“氤氲”二字，写出来就神秘。氤氲，一作絪縕，音义皆同，而“絪縕”老实，“氤氲”神秘，从“气”之字多神秘。

氤氲乃介于夷犹与坚实之间者，有夷犹之姿态而不甚缥缈，有锤炼之功夫而不甚坚实。锤炼是清楚，氤氲与朦胧相似。氤氲是文字上的朦胧而又非常清楚，清楚而又朦胧。若说夷犹是云，锤炼是山，则氤氲是气。

锤炼、氤氲虽有分别，而氤氲出自锤炼。若谓锤炼为“苦行”，则氤氲为“得大自在”。俗所说“不受苦中苦，难为人上人”，用锤炼之功夫时不自在，而到氤氲则成人上人矣。苦行是手段，得自在是目的。若但羡慕自在而无苦行根基不行，亦有苦行而不能得自在者，然则画鹘不成尚类鹜，尚不失诗法；若不苦行但求自在，则画虎不成反类犬矣。

孟浩然诗句：

微云淡河汉，疏雨滴梧桐。

从锤炼到氤氲有关联，其关联参此十字可以体会。

“微”“淡”“疏”“滴”等字，皆锤炼之功夫。又“河”“汉”皆水旁，“梧”“桐”皆木旁，水旁之字，一看字如见水之波浪翻动；“淡”“滴”声亦近。作诗要抓住字之形、音、义。“微云”二句是锤炼而无痕迹，从苦行得大自在，此已能“善其事”矣。

>>> 若谓锤炼为“苦行”，则氤氲为“得大自在”。用锤炼之功夫时不自在，而到氤氲则成人上人矣。图为清代董邦达《灞桥觅句图》。

没锤炼根基欲得氤氲结果，不成。致力于锤炼不到氤氲，尚不失诗法。

叙事写景需要锤炼，应利用锤炼的功夫。抒情应利用酝酿功夫。

十一

西洋之文学艺术有两种美：一为秀雅（grace），一为雄伟（sublime）。实则所说秀雅即阴柔，所说雄伟即阳刚。前者为女性的，后者为男性的，亦即王静安先生所说优美与壮美[①]。前者纯为美，后

---

① 王国维1904年在《叔本华之哲学及教育学说》一文中指出："而美之中，又有优美与壮美之别。今有一物，令人忘利害关系而玩之而不厌者，谓之曰优美之感情。若其物直接不利于吾人之意志，而意志为之破裂，唯由知识冥想其理念者，谓之曰壮美之情。"1907年《古雅之在美学上之位置》一文中再次论述："而美学上之区别美也，大率分为二种：曰优美，曰宏壮。……要而言之，则前者由一对象之形式，不关于吾人之利害，遂使吾人忘利害之念，而以精神之全力沉浸于此对象之形式中。自然及艺术中普通之美，皆此类也；后者则由一对象之形式越乎吾人知力所能驭之范围，或其形式大不利于吾人，而又觉其非人力所能抗，于是，吾人保存自己之本能，遂超乎利害之观念外，而达观其对象之形式，如自然中之高山大川、烈风雷雨，艺术中之伟大宫室、悲惨之雕刻象、历史画、戏曲、小说等皆是也。"至1910年，王国维在《人间词话》一书中指出："有有我之境，有无我之境。……无我之境，人唯于静中得之。有我之境，于由动之静时得之。故一优美，一宏壮也。"

者纯为力。

中国诗太优美，太软性，缺乏壮美。

诗是女性，偏于阴柔、优美。中国诗多自此路发展，直至六朝。至杜甫已变，尚不太显。至韩愈则变为男性，阳刚、壮美。若以为必写高山、大河、风云始能壮美，则壮美太少；此是壮美，而壮美不仅此，要看作者表现如何。韩愈《山石》“芭蕉叶大栀子肥”，“芭蕉”“栀子”，岂非阴柔？而韩一写，则成为阳刚之美。唐宋诗转变之枢纽即在“芭蕉叶大栀子肥”一句。

唐诗之变为宋诗，能自杜甫看出者少，至韩愈则甚为明显，到江西诗派则致力于阳刚。

顺阴柔走是诗的本格，而走得太久即成为烂熟、腐败，或失之纤弱。

至晚唐，除小李杜外，他人诗亦多佳者。“一种风流吾最爱，六朝人物晚唐诗”（东瀛诗僧大沼枕山[①]语），而晚唐诗即失之弱，有一

---

① 大沼枕山（1818—1891）：日本江户末期学者、汉诗诗人，推崇宋诗而不囿于宋诗，汉诗诗集《东京诗三十首》为其代表作。

利即有一弊。晚唐牧之尚好，义山未能免此。

江西诗派则易流于粗犷，山谷未能免此。反之二陈[1]了不起，尤其简斋。简斋用宋人字句而有晚唐情韵，如“一帘晚日看收尽，杨柳春风百媚生”（《清明二绝》其二），又如“孤莺啼永昼，细雨湿高城”（《春雨》），亦似晚唐，唯《春雨》二句尚有力，有“江西”味。

故主张唐情宋思，用宋人炼字句功夫去写唐人优美之情调。

幽默有三种：

一种是讽刺。此种近于冷。如一篇故事写一学生准备了高帽子送人，老师因此训斥他，学生说天下只有老师不喜戴高帽子，老师高兴了。[2]此故事是讽刺，但近于冷。

又一种是爱抚。发现人类或社会之短处，但不揭破它，如父母之对子女，带着忠厚温情。人本来是不够理想的生物，上帝造人便有缺点。但有的人因有一点缺点反而更可爱。

又一种是游戏。如故事中所说之“春雨如膏”→“夏雨如馒

---

① 二陈：即陈师道与陈与义。陈与义（1090—1138），字去非，号简斋，洛阳（今属河南）人。南北宋之交诗人，有《简斋诗集》。

② 俞樾《一笑》载：“有京朝官出仕于外者，往别其师。师曰：‘外官不易为，宜慎之。’其人曰：‘某备有高帽一百，适人辄送其一，当不至有所龃龉也。’师怒曰：‘吾辈直道事人，何须如此！’其人曰：‘天下不喜戴高帽如吾师者，能有几人欤？’师颔其首曰：‘汝言亦不为无见。’其人出，语人曰：‘吾高帽一百，今止存九十九矣。’”

>>> 带神秘色彩之作品并不一定为鬼神灵怪，中国《封神榜》之类，虽写鬼神而无神秘性。图为清代禹之鼎《封神榜·搜山图》(摹本)。

头”→“周文王如塔饼”。[1]既非刻薄，又非爱抚，只是智慧。

至于揭人阴私，血口喷人，品斯下矣。

诗中有豪华，此非传染人，是炫耀人。

我们要不受炫耀，将豪华除去，看看还有东西没有，“豪华落尽见真淳”（元好问《论诗三十首》其四）。豪华是奢侈，不能算好，而人不能免；但人不可只看其外表豪华，不论其真容。只是豪华，便是舍本逐末，便要不得。

玄妙与神秘不同，神秘是深的，而玄妙不必深。

西洋大作家的作品皆有神秘性在内，而带神秘色彩之作品并不一定为鬼神灵怪。中国《封神榜》之类，虽写鬼神而无神秘性；若但丁《神曲》、歌德《浮士德》，亦写鬼神灵怪，则有神秘性。

带神秘色彩的作品乃看到人生最深处。神秘并非跳出人生，神秘是人生深处，玄妙则超出人生到混沌境界。

恐怖也是一种诗境，但中国诗写此境界、情调者极少。西洋有人专写此境界，如法国恶魔派诗人波特来尔，写死亡之跳舞，但写的

---

① 冯梦龙《笑府》载：“一人出令曰：‘春雨如膏。’或疑为糕也，曰：‘夏雨如馒头。’或又疑为夏禹也，曰：‘周文王像塔饼。’”

是诗。

恐怖是一种诗情。人对没经验过的事，多怀有又怕又爱的心理，故能有诗情。但此种诗情在中国诗歌中缺少发展。大诗人不写此。

“耶娘送我青枫根，不记青枫几回落。当日手刺衣上花，今日为灰不堪著。”（唐《博异志》）此为鬼诗，唐人笔记[①]多写此，但这首诗并不恐怖。

“夜深翁仲语，月黑鬼车来。”（纪晓岚《阅微草堂笔记·如是我闻三》）此亦为鬼诗，恐怖，使人受不了，但还不恶劣。

又如黄仲则《点绛唇》：“鬼灯一线，露出桃花面。”或谓为凄绝。什么凄绝？简直是恶劣。

孟浩然“野旷天低树，江清月近人”（《宿建德江》），这两句是冷落，是荒凉，但是不恐怖，经过美化了。

李义山“夕阳无限好，只是近黄昏”（《登乐游原》）两句是悲哀，但读此“夕阳”二句，总觉得爱美情调胜过悲哀。

中国诗写恨（hate）少。诗中的恨只是悲哀，我所言之恨是憎恶。由憎恶而生有二：一种消极的，是诅咒；一种积极的，是改革。凡改革皆对旧有憎恶。

---

① 笔记：中国古代文体之一种，是一种以琐言轶事、日常见闻、风物习俗、典章制度、读书杂感等为著录内容，以杂记、闲谈、考证、辨析为著录方式，以逐条开列为著录格式的文学体裁。

>>> 隐士，不成阶层，成为一类人。他们对现实不满，又感自身之无能为力，没有斗争的勇气，于是摆脱现实，与人世不接触。图为现代陆小曼《梅妻鹤子图》。

诗中有“招隐”与“游仙”。

《昭明文选》[1]中，诗即有“招隐”一类。

隐士，不成阶层，成为一类人。他们对现实不满，又感自身之无能为力，没有斗争的勇气，于是摆脱现实，与人世不接触。隐士由来已久，身份极高，“天子不得臣，诸侯不得友”（《后汉书·郭泰传》）。“普天之下，莫非王土；率土之滨，莫非王臣”（《诗经·小雅·北山》），而隐士例外。他们轻富贵，并非不欲富贵，而是不满现实。但隐士都独善其身，避人避事，活着是为了自己，于社会不起积极作用，虽不与统治者同流合污，于社会无补益。皇帝，尤其开国皇帝，都尊重隐士。这是一种手段，隐士在人们中有威望，为不办坏事的好人，皇帝借尊隐士得民心。再者，隐士对皇帝威胁性不大。

“招隐”，一说是招抚隐士出而辅政，一说是社会政治腐败，召唤隐士出而避世。也有“反招隐”，那是不以隐士为尊，认为隐士无意义。

古诗中亦有“游仙”诗。

游仙诗，赞羡仙人之诗。凡人来去不自由，寿命不满百，而仙人则遨游、百寿。游仙诗，以仙为主；后之游仙诗，以仙说人，以人为主，仙为辅。唐以后，游仙诗作得很少。

---

① 《昭明文选》，南朝萧梁昭明太子萧统编纂，选录秦汉至齐梁间诗、赋、文、书、论等，共三十卷，是中国现存最早的诗文总集。萧统（501—531），字德施，南兰陵（今江苏常州西北）人，梁武帝萧衍长子。天监元年（502）立为太子，未即位而卒，谥号昭明，世称昭明太子。

十二

欲了解中国文字之美，且用得生动有生命，便须不但认其形，还须认其音。

西洋字是只有音而无形，不要以为中国文字只是形象而无声响，如“乌”字，一念便觉乌黑乌黑，一点也不鲜明，且字形亦似乌鸦。若西洋之“raven”，则就字形看，无论如何看不出像乌鸦。中国字则兼形、音二者而有之。然若“冉冉”“奄奄”则只有声而无形。

中国字给人一个概念，而且是单纯的；外国西洋字给人的概念是复杂的，但又是一而非二。中国字单纯，故短促；外国字复杂，故悠扬。中国古代为补救此种缺陷，故有叠字，如“盈盈”“依依”。

诗难于举重若轻，以简单常见的字表现深刻的思想情绪。如“雨中山果落，灯下草虫鸣”，小学生便可懂，而大教授未必讲得上来。

>>> 诗句不能似散文，而大诗人的好句子多是散文句法，古今中外皆然。“白云千载空悠悠”（崔颢《黄鹤楼》），似散文而是诗，是健全的诗。图为明代仇英（款）《江汉揽胜图》。

中国文字在修辞上易美，而在表达思想及写实上有缺憾，因为音节太简单，单音、整齐。思想是活的，如云烟幻变，而文字是死的。表达思想不仅用字形、字义，而且用字音。如韩愈“山石荦确行径微”（《山石》），用“荦确”二字，若易为“磊落”或“磊磊”、或“嶙峋”，都不好。“落”乃语词；“磊磊”则形、音太整齐；“嶙峋”太漂亮、美、鲜明，皆不如“荦确”。

李白《鹦鹉洲》诗句“芳洲之树何青青”，自自然然一种生意，有力而非勉强。除格律上平仄之谐调外，每字皆有其音色，句中“芳”“青青”三字为阳声字，显得颜色特别鲜明。

诗句不能似散文，而大诗人的好句子多是散文句法，古今中外皆然。“白云千载空悠悠”（崔颢《黄鹤楼》），“芳洲之树何青青”（李白《鹦鹉洲》），似散文而是诗，是健全的诗。

诗，太诗味了便不好。如李义山咏蝉“五更疏欲断，一树碧无情”，真是诗，好是真好，可是太诗味了。

中国诗最诗味，或许因为其联想多、对句多。

中国诗词对句有联想而无思想，如“记得绿罗裙，处处怜芳草”（牛希济《生查子》），如“云想衣裳花想容”（李白《清平调》），“朝如青丝暮成雪”（李白《将进酒》）。

小说《镜花缘》中由“云中雁”想到“水底鱼”[1]，是联想，平行的。若想到鸟枪，那是思想。老杜“穿花蛱蝶深深见，点水蜻蜓款款飞”（《曲江二首》其二）两句，是平行的，无论引多长，二者绝不相交，亦犹“云中雁”之与“水底鱼”。

“浮世本来多聚散，红蕖何事亦离披”（李义山《七月二十九日崇让宅宴作》），这两句是思想，是散文的。

七言诗第一、三、五字当注意。字形、字音皆可代表字义。

黄山谷诗与老杜争胜一字一句之间，而不懂字音、字形与意义关系之大。如其“雨足郊原草木柔”（《清明》），说的是柔，而字字硬。

白乐天《琵琶行》“转轴拨弦三两声”，便似拨弦声。后写琵琶声“大弦嘈嘈如急雨，小弦切切如私语。嘈嘈切切错杂弹，大珠小珠落玉盘”，字音便好。

古人是以声音、字形表现意义，不是说明。

作诗要能支配诗之声音，由声音可表现气象。（一）心中有此感；（二）以音节表现之；（三）气象。感觉不足，所成音节不对，气象也

---

① 李汝珍小说《镜花缘》第廿三回写毫无点墨的林之洋“见有两个小学生在那里对对子：先生出的是‘云中雁’，一个对‘水上鸥’，一个对‘水底鱼’”。

>>> 白居易《琵琶行》“转轴拨弦三两声”，便似拨弦声。后写琵琶声“大弦嘈嘈如急雨，小弦切切如私语。嘈嘈切切错杂弹，大珠小珠落玉盘”，字音便好。图为清代改琦《仕女图》。

不是了。

余不太喜欢自然，而喜欢人事。但老杜《旅夜书怀》“星垂平野阔，月涌大江流”两句好，以其中有人，气象大。“星垂”句尤佳，可代表老杜。若易“垂”为“明”，易“阔”为“静”，则糟了。

诗之美与音节、字句皆有关。诗原是入乐的，后世诗离音乐而独立，故其音乐性便减少了。词亦然。现代白话诗完全离开了音乐，故少音乐美。盖一切文学皆有音乐性、音乐美。

其实不但文学，即语言亦须有音乐性，始能增加其力量。

诗之音乐美，不尽在平仄。

近体诗有平仄，古诗无平仄，亦有音节之美。格律乃有法之法，追求诗之美乃无法之法。如余有词云：“篆香不断凉先到，蜡泪成堆梦未回。”（《鹧鸪天》）原稿“先”字为“初”字，而“初”字发暗、发哑，改为“先”字。余作诗词主张色彩要鲜明，声调要响亮。此为目的，至于方法如何则识机而变。“初”字不冷不热，用在此处不好。而若小杜[①]之“豆蔻梢头二月初”（《赠别》）之“初”字，鲜嫩，用得好。“梦未回”之“未”字原稿为“欲”字，“未”是去声，“欲”

① 小杜：即杜牧。杜牧（803—853），字牧之，号樊川居士，京兆万年（今陕西西安）人。晚唐诗人，与李商隐合称“小李杜”。曾任司勋员外郎，故又称“杜司勋”。

>>> 杜牧的“豆蔻梢头二月初”（《赠别》）之“初”字，鲜嫩，用得好。图为明代沈周《京江送别图》（局部）。

字亦读去声。或谓“未”字深，“欲”字浅，此尚非主因。主因亦在鲜明、响亮，故“未”字较“欲”字好。用字句如良医用药。一种药别人吃得，此人吃不得。用字亦然。用的时、地不对，岂但不好，反而更坏。如在人前称自家兄弟为家兄、舍弟，若说“舍兄”便不行，而“家弟”成。

只要了解音乐性之美，不懂平仄都没有关系。

四声平仄并不是用来限制我们、束缚我们的。一个有音乐天才的人作出诗来，自然好听；没有天才的按平仄作去，也可悦耳。而有许多好诗，有音乐美的诗，并不见得有平仄。如《古诗十九首》“行行重行行，与君生别离”，首五字皆平声，也很美，很和谐。可见平仄格律是助我们完成音乐美的，诗的音乐美还不尽在平仄。如老杜之拗律，拗而美，并不是拗口令。

老杜有两首《醉时歌》，皆好。其中“赠广文馆博士郑虔”一首有句：“德尊一代常坎坷，名垂万古知何用。”这不是诗，这是散文，然而成诗了，放在《醉时歌》里一点不觉得不是诗，原因即在于音节好。抓住这一点，虽散文亦可以写成诗。学老杜者多不知此，仅韩文公[①]能知之。“黄昏到寺蝙蝠飞”“芭蕉叶大栀子肥”（《山石》），皆散

① 韩文公：韩愈谥号“文”，故称韩文公。

文而诗者。

散文而成诗便因其字音是诗，合乎诗的音乐美。

双声叠韵可增加诗的美。

双声叠韵令我们感到音乐美，不但响亮而且调和。但此无死法。“荡漾处多用叠韵，促节处用双声”（王国维《人间词话》），此语不甚可靠。文章天成，妙手偶得。拙作“点滴敲窗渐作声”（《鹧鸪天》），前六字三个双声，如雨落声；白乐天之“嘈嘈切切错杂弹”（《琵琶行》）亦然。此可无心得，不可有心求，且不可迷信。双声叠韵确可增加诗的美，但弄坏了，就成绕口令了。

句中两字相连成一词的，用双声叠韵好，否则不好。如诗句中第一、二、三、四字，一、二两字可用，三、四两字可用。若二、三两字用双声叠韵就不好了。“漏泄春光有柳条”（杜甫《腊日》）句，“有”是单字，“柳条”是一词，而“有”与“柳”叠韵，故不好；“无边落木萧萧下”，“萧萧”好。

同一内容，在中、西文中声音、形式不同，如“思君令人老”，在中文中是山岳式，“人”字用得好；在西文中“to think of you makes me old”，则为波浪式。

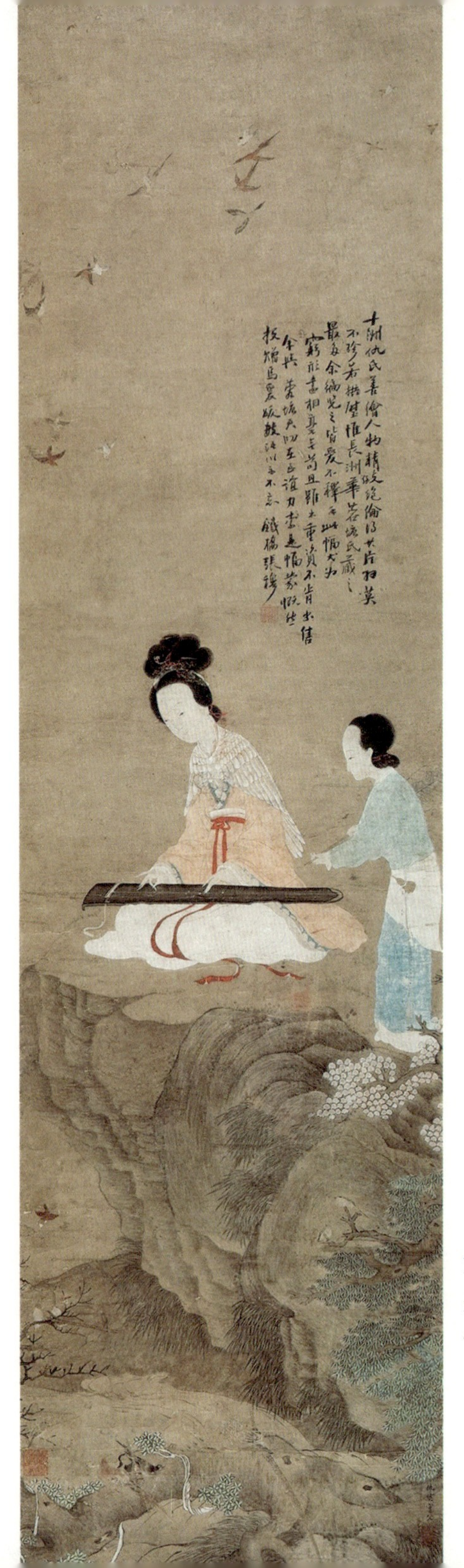

>>> 散文而成诗便因其字音是诗，合乎诗的音乐美。图为明代仇英《弹琴图》。

十三

写作怕没有东西，而东西太多又患支离破碎，损坏作品整个的美。

作品即如拍电影，真事之外须有剪接。诗绝非冷饭化粥。

作五言古最好是酝酿。

素常有酝酿，有机趣，偶适于此时一发之耳。人看到的是此时“发之”的作品，而看不见其机缘。凡事皆有机缘，机缘触处，可成为作品。若机缘后没有东西，则中气不足。朱熹[①]曰：“问渠哪得清如许，为有源头活水来。”(《观书有感》) 机缘后没东西，则无源头活水，诗就薄。

陶诗“采菊东篱下，悠然见南山”，人或以为此句乃抬头而见南

① 朱熹（1130—1200）：字元晦，号晦庵、晦翁，徽州婺源（今江西婺源）人。南宋理学家、文学家，著有《四书章句集注》《诗集传》《楚辞集注》等。另有与弟子问答之记录《朱子语类》。

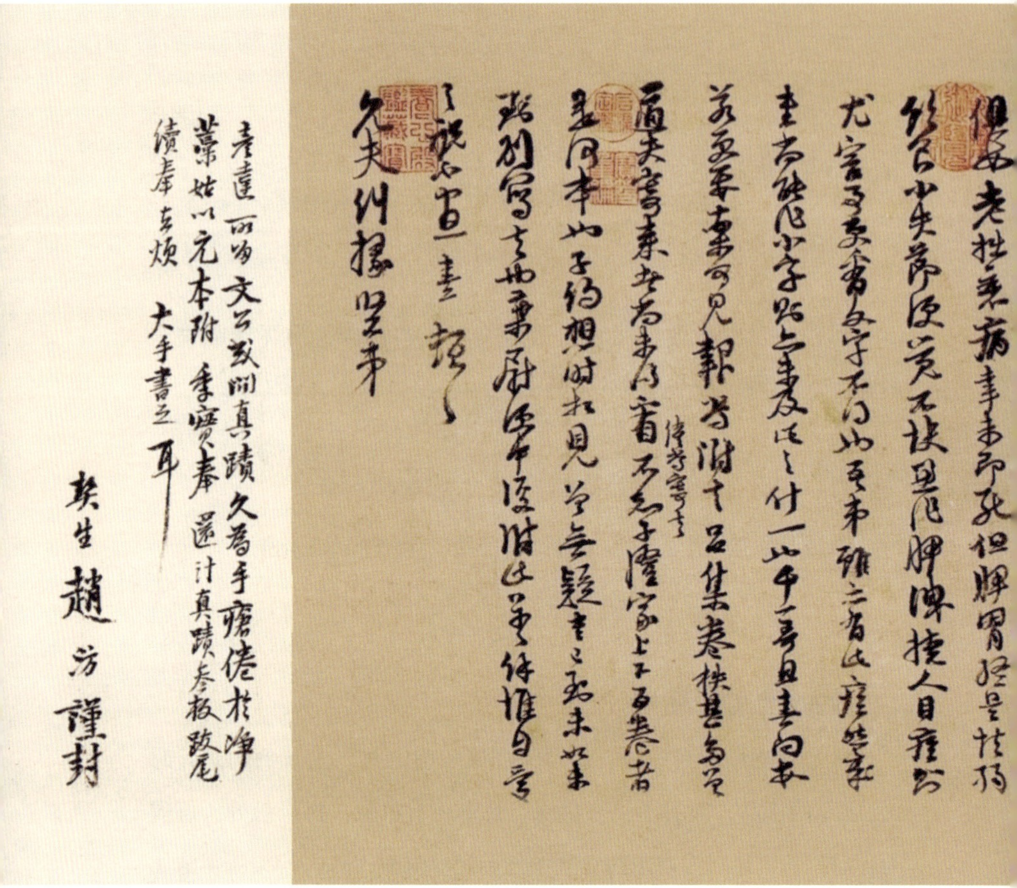

>>> 朱熹说："问渠哪得清如许，为有源头活水来。"机缘后没东西，则无源头活水，诗就薄。图为宋代朱熹与友人及其《行书翰文稿》。

山即写出来。其实绝不然，绝非偶然兴到、机缘凑泊之作。人与南山平日已物我两忘，精神融洽，有平日酝酿的功夫，适于此时一发之耳。素日已得其神理，偶然一发，此盖其酝酿之功也。

今人偶游公园便写牡丹诗，定好不了，盖其未能得牡丹之神理，所写亦只牡丹之皮毛而已。

作诗之酝酿功夫是“闲时置下忙时用”，速写是“兔起鹘落，少纵即逝”。这要个“劲”，还得要个“巧”。劲与巧还是平时练好的本领，要养成此种眼光、手段。

创作贵在酝酿。然而东坡又说“兔起鹘落，少纵即逝”（《文与可画筼筜谷偃竹记》），日人鹤见祐辅《思想·山水·人物》[①]其书亦曾言：“思想是小鸟似的东西。”此岂非与酝酿冲突？

我们要用两方面的功夫。写散文、写大著作，必须要有酝酿功夫；至如写抒情诗，还须一触即发。《水浒》中的鲁智深是即兴诗人。即兴诗即抒情诗，但即兴诗绝不宜于长，绝不宜于多。如唐之即兴

---

① 鹤见祐辅（1885—1973）：日本作家、评论家。著有随笔集《思想·山水·人物》，书中写道：“思想是小鸟似的东西，忽地飞向空中去。去了以后，就不能再捉住了。除了一出现，便捉来关在小笼中之外，没有别的法。”

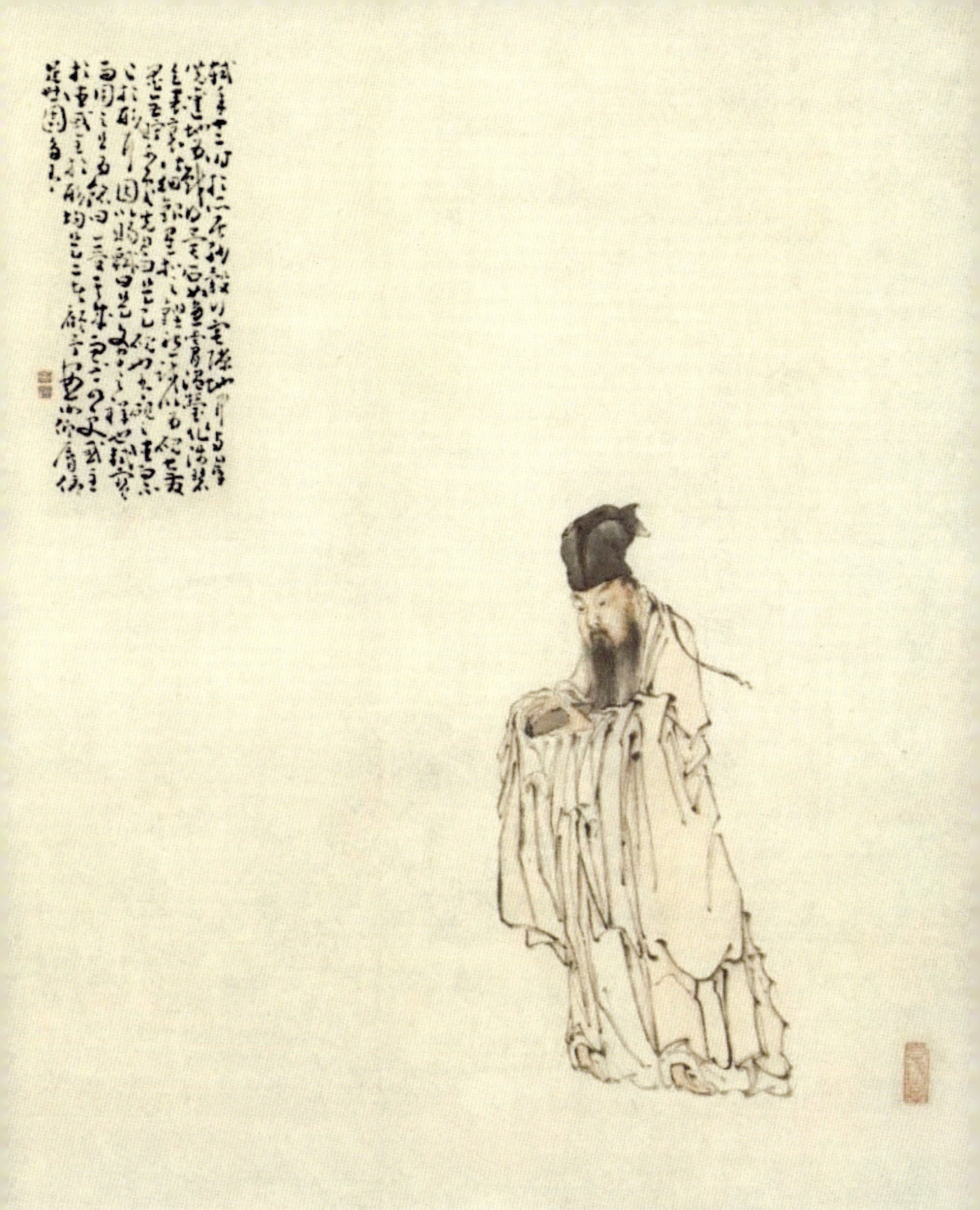

>>> 作诗之酝酿功夫是“闲时置下忙时用”，速写如苏东坡所说是“兔起鹘落，少纵即逝”。图为清代黄慎《东坡玩砚图》。

>>> 《水浒》中的鲁智深是即兴诗人。即兴诗即抒情诗，但即兴诗绝不宜于长，绝不宜于多。图为当代关良《鲁智深大闹野猪林》。

诗人（抒情诗人）王、孟、韦、柳[①]，其诗集多为薄薄一本。孟浩然诗集最薄，但几乎每首都是好诗。即兴诗要作得快，不宜多，多则重复；不宜长，长则松懈。放翁[②]便是如此。

作短诗应有经济手腕。

诗短而有余味，所谓“美酒饮教微醉后，好花看到半开时”（宋邵雍《安乐窝中吟》）。

凡事留有余味是中国人常情。

诗本不讲逻辑文法，然有时须注意之。如太白《乌栖曲》“东方渐高奈乐何”句，不通，尚不如“东方渐白”之合于逻辑文法。太白句用古乐府“东方须臾高知之”（《有所思》），而此句亦不好解。用古乐府虽古，而古不见得就是好。

写散文有层次，写诗亦有层次，但不见得前者先说，后者后说。或者前者在前而不明说：或者前后颠倒写，或者前边写得不明要看后边才可知。

---

① 王、孟、韦、柳：即王维、孟浩然、韦应物、柳宗元。

② 放翁：陆游（1125—1210），字务观，号放翁，越州山阴（今浙江绍兴）人。南宋中期爱国诗人，与尤袤、范成大、杨万里合称“中兴四大家”。

生发与铺叙不同。铺叙是横的，彼此间毫无关系，只是偶然连在一起，摆得好看，有次序而已；生发则不同，是因果关系。如稼轩《满江红》（莫折荼蘼）之下片：

> 榆荚阵，菖蒲叶。时节换，繁华歇。算怎禁风雨，怎禁鹈鴂。老冉冉兮花共柳，是栖栖者蜂和蝶。也不因、春去有闲愁，因离别。

这就是生发，是因果关系。“榆荚阵”与“菖蒲叶”是铺叙，而下两句则是因果关系。这一段，每两句为一排，两两生发。

作诗有的要铺张，铺张的功夫以汉赋为最。铺张可使诗壮丽；不然，茅屋三间，虽清雅而不壮丽。所有壮丽的作品皆由铺张而来，不铺张无壮丽，而铺张须客观之描写、锻炼之字句。

写长篇，先搜集材料然后作，又须有手段，始能有好作品。写长篇非有此功夫不可。因长篇易冗，冗则弱或散。《长恨歌》即有缝子，冗弱，《长恨歌》不如《琵琶行》，《琵琶行》事情简单，篇幅较短。写长篇易于手忙脚乱，该去的不去，该添的不添。《长恨歌》虽不至于手忙脚乱，亦显才力不足。

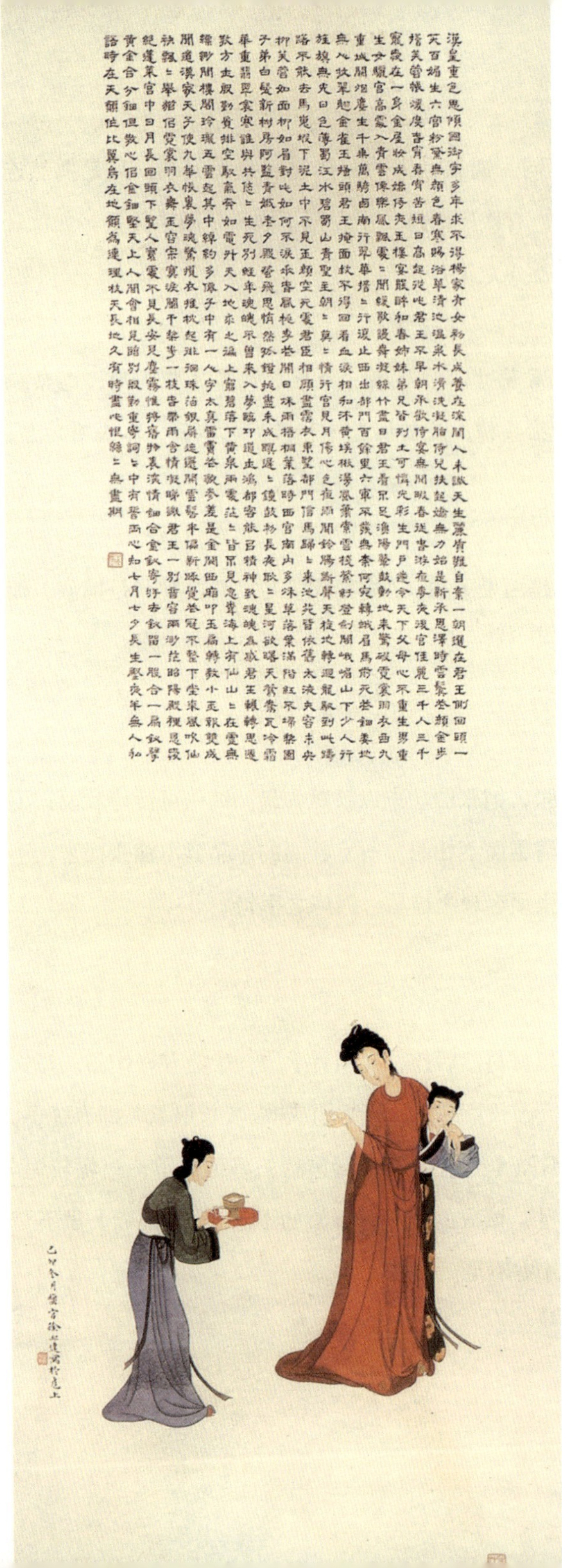

>>> 《长恨歌》即有缝子，冗弱，《长恨歌》不如《琵琶行》，《琵琶行》事情简单，篇幅较短。图为现代徐邦达《长恨歌》诗意图。

写长篇要波澜起伏，如老杜之五七言古，他人长篇多平铺直叙。然波澜越多，越难收煞。结本来是收，而善结者收处有放。

写长篇须有健句，而劲健之力是由于动词和形容词用得好。

长篇古诗亦须有骈句，如老杜之长篇时于其中加骈句，如“词源倒流三峡水，笔阵横扫千人军”（《醉歌行》）。

开合在诗里最重要，诗最忌平铺直叙。不仅诗，文亦忌平铺直叙。鲁迅先生白话文上下左右，龙跳虎卧，声东击西，指南打北；他人之文则如虫之蠕动。叙事文除《史记》外推《水浒传》，他小说叙事亦如虫之蠕动。

以简洁字句写敏捷动作，说时迟，那时快。写文章，慢事可以快写，快事亦可以慢写。好事短，一闪即去，文学可以弥补此缺憾。盖文学对无聊事可略，对于好事，那时快可以说时慢。故文学可以与造化争功，“那时快”而“说时迟”，有精神。

纯景语难作，普通所写多景中有人，景中有情。

曹子建[1]有句“明月照高楼”（《七哀》），大谢[2]有句“明月照积雪”（《岁暮》）。大谢句之好恐仍在下句之“朔风劲且哀”，犹小谢[3]之“大江流日夜”（《暂使下都夜发新林至京邑赠西府同僚》），纯景语而好，盖仍好在下句之“客心悲未央”，以“大江流日夜”写“客心悲未央”。《诗》“杨柳依依”好，还在上句“昔我往矣”。

王维诗：“漠漠水田飞白鹭，阴阴夏木啭黄鹂。”（《积雨辋川庄作》）

或曰此原用六朝诗：“水田飞白鹭，夏木啭黄鹂。”而试问此十字多死？“水田飞白鹭”必加“漠漠”，“夏木啭黄鹂”必加“阴阴”。“漠漠水田飞白鹭”是一片，“阴阴夏木啭黄鹂”是一团；上句是大，下句是深；上句明明看见白鹭，下句可绝没看见黄鹂。景语如此，已不多得。

杜甫诗句“无边落木萧萧下，不尽长江滚滚来”（《登高》），说“落木”心不在落木，说“长江”心不在长江，如此说只是使读者动情。“漠漠”“阴阴”二句，近于纯写景；“萧萧”“滚滚”二句，纵使

---

① 曹子建（192—232）：曹植，字子建，沛国谯（今安徽亳州）人。三国时期曹魏文学家，建安文学代表人物，与其父曹操、其兄曹丕合称“三曹”。

② 大谢：即谢灵运。谢灵运（385—433），祖籍陈郡阳夏（今河南太康），生于会稽始宁（今浙江上虞）。因袭爵康乐公，世称谢康乐。东晋山水诗人，与颜延之并称“颜谢”，与谢朓合称“大小谢”或“二谢”。

③ 小谢：即谢朓。谢朓（464—499），字玄晖，陈郡阳夏（今河南太康）人。因曾任宣城太守，世称谢宣城。南朝萧齐山水诗人，因与谢灵运同族，后称“小谢”。

>>> 谢灵运有句“明月照积雪”（《岁暮》），这句之好恐仍在下句之“朔风劲且哀”。图为清代上官周《庐山观莲图》。

不是写情，也是见景生情。“漠漠”“阴阴”是感，“萧萧”“滚滚”是引起情来。何以前面说“漠漠”句是大，“阴阴”句是深，便因是感。

静中之动，动中之静。

文学创作是静，而又必须有“静中之动”。

韦庄词“画帘垂，金凤舞。寂寞绣屏香一炷”（《应天长》），静中之动。

六一词是动的、热的，韦庄是静的、冷的，静中有动。“绿槐阴里黄莺语”（《应天长》），“绿槐阴里”是静，“黄莺语”是动。

静中之动偏于静，动中之静偏于动。

普通所谓美，多是颜色，是静的美；另一种是姿态，是动的美。

王维《送邢桂州》句“日落江湖白，潮来天地青”，不仅是颜色美，而且是姿态美，日“落”潮“来”，岂非动？

十四

作诗文用典，有正用，有反用。

有的用典只成为一种符号，一为炫学，一为文陋（掩饰自己的浅陋），炫学也不免文陋。

人不读书是可怜，读书太多书作怪，也可怕。

用典该是重生，不是再现。重生就是要活起来。此如同唱戏，当时古人行动未必如此，但我要他活（重生），就得如此。平常人用典多是再现。

在形容事物时，应找出其唯一的形容词，如《诗经》“桃之夭夭，灼灼其华”（《周南·桃夭》）。

用形容词太多，不能给人以真的印象。有力的字句多为短句。

在字典上绝不会二字完全同义，“二”“两”“双”，当各有其用处，绝不相同。找恰当的字是理智的，不是感情的。

创造新词其中一方法，并非使用没使过的字，只是使得新鲜。如《水浒传》第四回鲁智深打禅杖，欲打八十一斤的，铁匠曰：“师父，肥了。”“肥”原为平常字眼，而用于此处便新鲜。易安[①]词“绿肥红

① 易安：即李清照。李清照（1084—1155？）：自号易安居士，齐州章丘（今属山东）人。宋代南渡时期女词人，有《漱玉词》。

>>> 易安词“绿肥红瘦”亦用得新鲜，无人不承认其修辞之高。图为现代王伊蔚《易安居士觅句图》。

瘦”[1]，亦用得新鲜，无人不承认其修辞之高。所以，创造新的字眼并非创一新名词，只是把旧的词加以新的意义，如此谓之“返老还童法”。然而连旧法都不会，何能谈“返老还童法”？

此法不能不会，然亦不可只在这上面用功，专在此上用功，易钻入牛角。

翻译当用外国句法创造中国句法，一面不失外国精神，一面替中国语文开一条新路。

佛经以南北朝姚秦[2]人鸠摩罗什[3]所译最佳。鸠摩罗什原为外国人，其所译《阿弥陀经》可一读，此乃小乘经，“净土四经”[4]之一。我们不把它当宗教书看，乃是将它当文学书看，真是散文诗。

翻译佛经极能保存印度原文之音节与意义。佛经开头是“如是我闻”，汉语“是”字承上，佛经“是”字启下。言“如是我闻”者，确为我所闻，且我闻与你闻不同，反正“我闻如是”。然不言“我闻如是”，而言“如是我闻”，盖印度之语法。

---

① “绿肥红瘦”，出自李清照《如梦令》。全词如下：“昨夜雨疏风骤。浓睡不消残酒。试问卷帘人，却道海棠依旧。知否，知否。应是绿肥红瘦。”

② 姚秦：十六国时期羌族贵族姚苌所建政权。因王室为姚姓，故称姚秦。又因立国于前秦之后，史称后秦。

③ 鸠摩罗什（344？—413？）：生于西域龟兹（今新疆库车），十六国时期著名高僧，一生潜心钻研佛典，译有《大品般若经》《阿弥陀经》《维摩诘经》《法华经》《金刚经》《中论》《大智度论》《十二门论》等经书。

④ 净土四经：《无量寿经》《观无量寿经》《阿弥陀经》三经与《普贤行愿品》，合称“净土四经”。

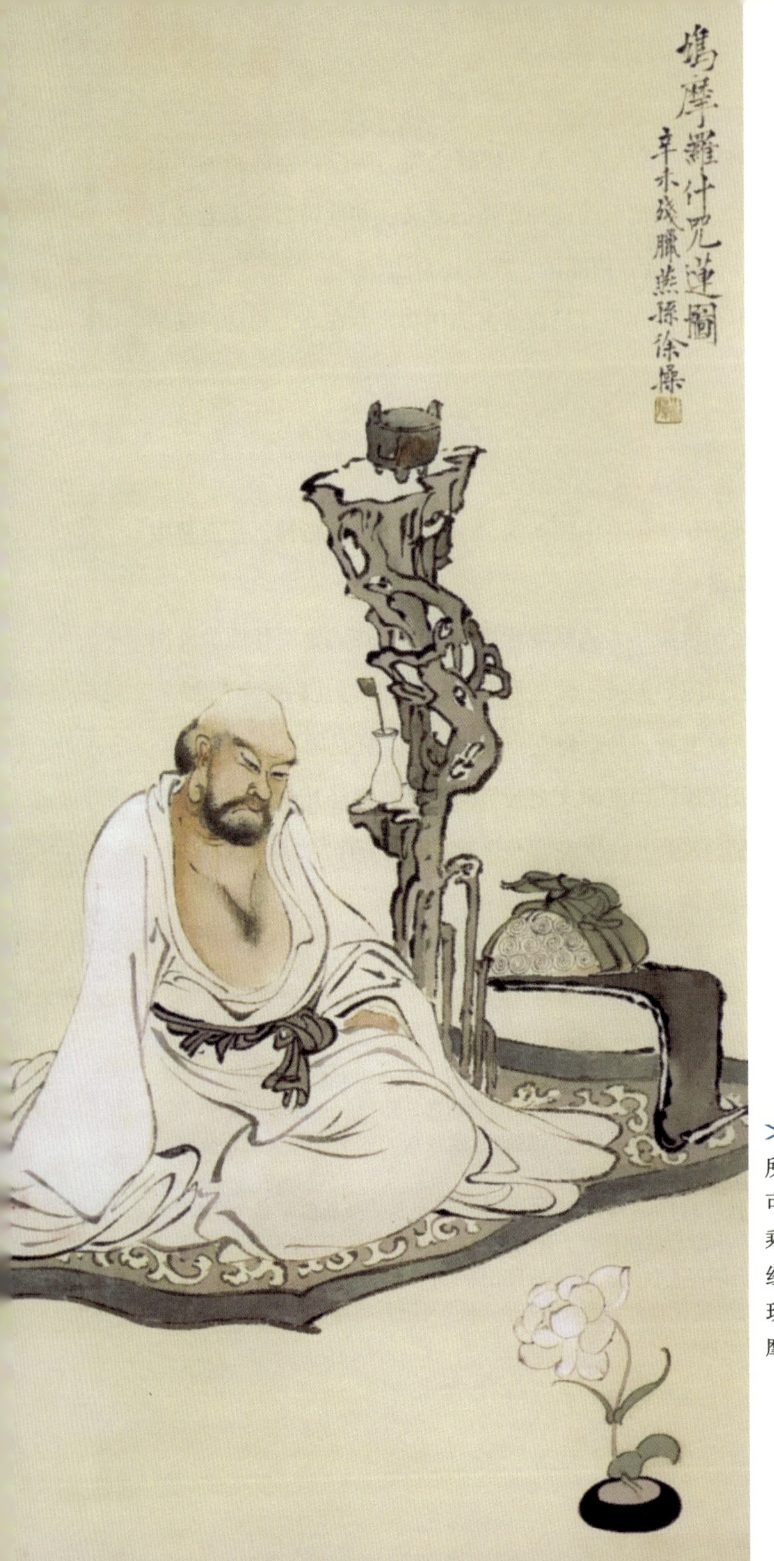

>>> 鸠摩罗什所译《阿弥陀经》可一读，此乃小乘经，“净土四经”之一。图为现代徐燕孙《鸠摩罗什咒莲图》。

自从译佛经，已开我国新语法。现在译西洋文学亦然。

我国近代与翻译界甚有关者，鲁迅与严复[①]。严复谓“译事三难：信、达、雅”（《天演论》释例言）。其实岂但译文，创作亦当如此。

信，便是自己不欺骗自己，不欺骗别人。

达，创作总是希望人懂，没有一个伟大作品是不“达”的。虽然古人诗现在需要训诂，此乃时代关系，实即当时方言。

雅，对俗而言。我不喜说雅，盖俗人把“雅”字用坏了。其实雅是好的。中国字方块单音，好合二字为一词。雅，或曰雅正。正，不邪。“诗三百，一言以蔽之，曰：思无邪。”（《论语·为政》）无邪，即“诚”之意。又，雅或曰雅洁，就正而言是诚，就洁而言是简当。

不仅翻译、创作，讲书亦然。要信、达、雅。

十五

诗由四言而五言而七言，其演进自有其不得已；由古文而变为白话文，亦然。并不是因为白话文比古文易懂，是因为白话文所表现的

---

① 严复（1853—1921）：字几道，福建侯官人。中国近代启蒙思想家、翻译家，首倡“信、达、雅”译文标准，译有《天演论》《原富》《群学肄言》《法意》等著作。

思想感情有古文表达不出来的。今日用旧体裁，已非表达思想感情之利器。

中国古诗以五言最恰，四言字太少，七言字太多。但此指中国古人情调、思想而言。现在则五言已不够，而七言格律太繁，不易作好。现在事情本来变化就多，再加以诗人感觉锐敏，变化更多。近世是散文化时代，已不是诗的时代。

五言诗字少，其开合变化成功者仅杜工部一人。

五言诗容易看出漏洞。七言诗略薄，尚无碍；五言必厚，即须酝酿。七言诗可兴至挥毫立成，五言诗必须酝酿，到成熟之时机，又有机缘之凑泊，然后发之。

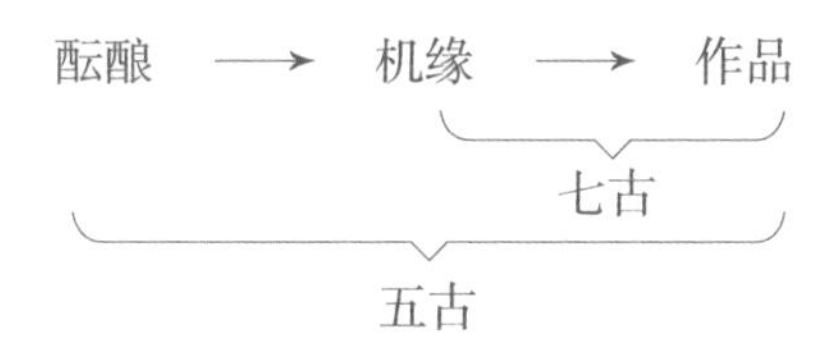

陈子昂[①]《感遇诗》“兰若生春夏”一首，味极厚。末四句“迟迟白日晚，嫋嫋秋风生。岁华尽摇落，芳意竟何成”——大自然永久

① 陈子昂（661—702）：字伯玉，梓州射洪（今四川射洪）人。因曾任右拾遗，世称陈拾遗。初唐诗文革新代表人物，提倡风骨兴寄。

>>> 陈子昂《感遇诗》“兰若生春夏”一首，味极厚。末四句“迟迟白日晚，嫋嫋秋风生。岁华尽摇落，芳意竟何成”——大自然永久而人生有尽。图为明代章声《山水十开》（九）。

而人生有尽。此四句之意思绝非其在作诗时才有，是早有此意，经过酝酿，适于此时发之。末四句余音袅袅。

作古诗就怕无诗情诗思。五古比七古难。宋人对五古已不会作，苏、黄五古甚幼稚，似乎二人根本不懂五言古诗的中国传统作风。

七言诗因字多，开合变化多，再利用一点锤炼功夫，很容易写出像样作品。因其表面上能开合变化，已很有可观，吾人无暇追其源头活水（情意本质），而已目迷五色。变戏法者即往往利用手法引人注意，作诗亦然，使读者目迷五色，无暇注意其思想源头。

唐人绝句尤其五言，何以是古今独步？兔起鹘落，唐人于此真是会写。唐诗人每人皆有五言绝句，但皆不多。

唐宋诗千变万化，各有好处。

前人说“宋人不知诗而强为诗”（陈子龙《王介人诗余序》），余对此说半肯半不肯。宋人诗似散文，而其短文、笔记、尺牍[①]、题

---

① 尺牍：即书信，中国古代应用文体之一种，用于亲友间私下传递信息、交流思想感情。宋人喜称文学性强的尺牍曰“简尺”“小简”，强调尺牍语简而情长。

>>> 唐人绝句尤其五言，何以是古今独步？兔起鹘落，唐人于此真是会写。图为明代张路《苍鹰逐兔图》。

跋[1]，是散文而似诗。宋人是不知古人那样的诗。

唐人学力不及宋人，只是情动于中不能自已，用流行的文体写出，便是好诗。如明人作《山歌》《挂枝儿》《打枣竿》[2]，比所作曲好。

文学之演变是无意识的，往好说是瓜熟蒂落，水到渠成。

中国文学史上有演进无革命。有之者，则韩退之在唐之倡古文为有意识者，与诗变为词、词变为曲之演变不同。晚唐五代大词人写词是无意识的。

十六

“三百篇”、唐诗虽好，而距今太远，又加以文字障碍，读之遂如隔靴搔痒，虽是痒处，究隔一层。杜甫《自京赴奉先县咏怀五百字》结尾二句曰：“忧端齐终南，澒洞不可掇。”忧愁、烦恼有时可整理，有时一片，简直不可整理。此二句不易理会，便因文字障碍。

① 题跋：中国古代应用文体之一种，用于题识书籍、书画、碑帖以及古器物拓本等等，写于前者称题，写于后者称跋，总称题跋。

② 《打枣竿》：一作《打草竿》，原为北方民间曲调。明代后期流行至南方，改称《挂枝儿》（一作《倒挂枝儿》或《挂枝词》），盛行于明代天启、崇祯年间。

曲则文字障碍少，可直接不“隔”，达到文学核心。如马致远[①]《任风子》之［端正好］，与老杜诗一样好：

添酒力，晚风凉，助杀气，秋云暮。尚兀自脚趔趄、醉眼模糊。他化的俺一方之地都食素，单则是俺这杀生的无缘度。

此不是内容意义多么深厚，但好。文学了不得便在此。使酒杀人顶不可为法，而写得好，美化了。

曲兼诗词之长处，而曲之长处为诗词所没有。

悲剧中人物有两种：（一）强者，与命运反抗、战斗；（二）弱者，为命运所支配。中国悲剧人物多属后者，如《梧桐雨》[②]之唐明皇、《汉宫秋》[③]之汉元帝。

悲剧在强者、弱者而外，又有“人”“我”之分。“我”，自己的悲剧，与人无干；“人”，为人而牺牲。唐明皇、汉元帝是自己的悲剧，

---

① 马致远（1250—1324）：字千里，号东篱，大都（今北京）人。元代曲家，长于神仙道化剧，人称之为“万花丛中马神仙”。《任风子》为其所作神仙道化剧，叙写仙人马丹阳度化屠夫任风子之故事。

② 《梧桐雨》：元曲作家白朴代表剧目，叙写唐明皇与杨贵妃之故事。

③ 《汉宫秋》：元曲作家马致远代表剧目，叙写汉元帝受匈奴威胁被迫送爱妃王昭君出塞和亲之故事。

>>> 悲剧中人物有两种，一是强者，与命运反抗、战斗；二是弱者，为命运所支配。中国悲剧人物多属后者，如《汉宫秋》之汉元帝。图为宋代佚名《汉宫秋》（局部）。

>>> 以悲剧意义论，《梧桐雨》《汉宫秋》不及《赵氏孤儿》，然以技术论过之。图为明代吴彬《明皇幸蜀图》。

为自己而牺牲他人；《赵氏孤儿》[1]是为人牺牲自己，此在中国少见。

以悲剧意义论，《梧桐雨》《汉宫秋》不及《赵氏孤儿》，然以技术论则过之。文学除注意内容、意义外，更当注意其技术。

戏曲分“案头”“舞台”两种。

西厢故事平凡，“王西厢”[2]如写诗，少戏剧性。

《红楼梦》《水浒传》之不可及，即因除事实描写外更有心理的描写。《西厢记》亦能写人心理的转变，此乃中国文人所最忽略者。

中国人明于礼义暗于知人心，以礼教治人，好以公式量人，这便要不得。老杜是忠君爱国，而其诗好绝不在此。

修辞，避复。用笔如用兵，虚者实之，实者虚之。然诸葛亮遇曹操则实者实之，虚者虚之。胜者所用，即败者之兵。用兵无死法，行文亦然。修辞避复，有时故意“犯”。作曲亦须注意。

---

① 《赵氏孤儿》：元曲作家纪君祥代表剧目，叙写春秋时期晋国贵族赵氏被屠岸贾陷害而惨遭灭门，幸存之孤儿赵武长大后复仇之故事。

② 王西厢：即王实甫杂剧《西厢记》，叙写书生张珙和相国小姐崔莺莺邂逅相遇、一见钟情并最终冲破礼教而私下结合之故事。该剧曲词华美，极富诗意。

>>>《西厢记》亦能写人心理的转变，此乃中国文人所最忽略者。图为明代仇英《西厢记》插图。

十七

一个大诗人、文人、思想家，皆是打破从前传统。当然也继承，但继承后还要一方面打破，方能谈到创作。

我们创作不能学别人，我们的东西别人也不能学得去。王献之[1]与王羲之字不同，因其不学他老子。

一个天才可受别人影响，但受影响与模仿不同，受影响是启发。模仿也可算受影响，但受影响不是模仿。

每人心灵上都蕴藏有天才，不过没开发而已。开发矿藏是别人的力，而自己天才的开发是自己的事。受影响是引起开发的动机。

所谓受影响是引起人的自觉，感到与古人某点相似，喜欢某处。喜欢是自觉的先兆，开发之先声。假如不受古人影响，引不起自觉来，始终不知自己有什么天才。我们读古人的作品，并非要模仿，是要从此引起我们的感觉。

天才在自觉开发以后，还要加以训练，这样才能有用。

---

① 王献之（344—386）：字子敬，祖籍山东琅琊（今山东临沂），后迁居会稽山阴（今浙江绍兴）。因曾任中书令，故人称“大令”。东晋书法家，与其父王羲之合称“二王”。

>>> 创作不能学别人，我们的东西别人也不能学得去。王献之与王羲之字不同，因其不学他老子。图为清代汪圻《王献之书裙图》。

晋王献之中秋帖

>>> 图为东晋王献之书法作品《中秋帖》（宋代米芾摹本）。

人要以文学安身立命，连精神、性命都拼在上面，但心中不可有师，且不可有古人，心中不可存一个人才成。学时要博采，创作时要一脚踢开。若不然便处处要低一格。金圣叹[1]说李白之《登金陵凤凰台》："人传此是拟《黄鹤楼》诗，设使果然，便是出手早低一格。"余叔岩[2]唱得好，但不成，以其心中有老谭。学得真好，但如此，似老谭则似矣，却没有余叔岩了。杨小楼[3]学叫天，而没有一手像他老师，这样才是会学的。

老师喜欢学生从师学而不似师，此方为光大师门之人。

故创作时心中不可有一人。

读书不要受古人欺，不要受先生影响，要自己睁开眼睛来，拿出感觉来。

天下凡某人学某人，多只学得其毛病，故学的人不可一意只知模仿，不知修正。文学上不许模仿，只许创作。受影响则与模仿不同，模仿是有心的，亦步亦趋；影响是自然的，无心的，潜移默化。此乃

---

① 金圣叹（1608—1661）：名采，字若采，明亡后改名人瑞，字圣叹，苏州吴县（今江苏苏州）人。明末清初学者、文学批评家，评点古人作品甚多，有《第五才子书》(《水浒传》)、《第六才子书》(《西厢记》)、《唐才子书》《必读才子书》《杜诗解》等。

② 余叔岩（1890—1943）：京剧演员，工老生，学习谭派，为"新谭派"代表人物，世称"余派"。

③ 杨小楼（1878—1938）：京剧演员，工武生，武技动作灵活，似慢实快，姿态优美，有"武生宗师"之美誉。

>>> 盛唐诸公之诗个个不同，词在北宋、曲在元初亦然。及其既衰，或者学而不能似，或者得其一二而不出古人范围，或者于模仿学习之外参入自己个性。图为宋代刘松年（款）《七子过关图》。

中国教育学说。

大家作品皆是个性流露，自与古人不同。不用说不学，就是学也淹没不了自己本来面目，此因个性太强。学古人而失去自己本来面目者，他自己就根本没有本来面目。

大令字不似右军，非不“知”学，不“能”学，不“肯”学，乃大令个性太强而自然不似。在文学史上，这种情形现象必发生于一种文体最盛时期。如盛唐诸公之诗个个不同，词在北宋、曲在元初亦然。及其既衰，或者学而不能似，或者得其一二而不出古人范围，或者于模仿学习之外参入自己个性。

故学古人者可分三种：

（一）不能学；（二）能学，无生发；（三）能学，有生发。

禅宗有云：“丈夫自有冲天志，不向如来行处行。”[①] 平常弟子学先生，像已难，能得师一长者，即受用不尽。颜回，孔门高弟，亦不过亦步亦趋。禅宗讲究超宗越祖，禅宗大师常说“见与师齐，减师半

① 《古尊宿语录》卷四十二记载：“（真净禅师）良久乃喝云：‘昔日大觉世尊，起道树诣鹿苑，为五比丘转四谛法轮，唯憍陈如最初悟道。贫道今日向新丰洞里，只转个拄杖子。’遂拈拄杖向禅床左畔云：‘还有最初悟道底么？’良久云：‘可谓丈夫自有冲天志，不向如来行处行。’喝一喝下座。”克文（1025—1102），号云庵，北宋临济宗黄龙派高僧。死后赐号“真净”，习称“真净克文”。

德”，成就较师小一半；“见过于师，方堪传授”（百丈怀海禅师语）[1]。故禅宗横行一世，气焰万丈，上至帝王，下至妇孺，皆尊信之。

天地间无守成之事，学如逆水行舟，不进则退。

若是文学只是在床上架床，一点新的装不进去，那么文学只有退步、没有进步了。

“文人相轻，自古而然。”（曹丕《典论·论文》）文人相轻，亦由自尊来，而以理智判断又不得不有所“怕”。欧阳修曰：东坡可畏，“三十年后，世上人更不道着我也”！（朱弁《曲洧旧闻》卷八）[2]东坡又怕山谷（黄庭坚），盖山谷在诗的天才上不低于东坡，而功力过之，故东坡有效山谷体。而山谷又怕后山（陈师道），后山作品少，而在小范围中超过山谷，故山谷又曰：“陈三真不可及。”（任渊《后山诗注》卷一）[3]

---

① 《景德传灯录》卷六载百丈怀海事：“一日师谓众曰：‘佛法不是小事。老僧昔再参马祖被大师一喝，直得三日耳聋眼暗。’时黄檗闻举不觉吐舌。师曰：‘子已后莫承嗣马祖去。’檗云：‘不然。今日因师举，得见马祖大机之用，然且不识马祖。若嗣马祖已后丧我儿孙。’师云：‘如是如是。见与师齐，减师半德；见过于师，方堪传授。子堪有超师之作。’”

② 朱弁《曲洧旧闻》卷八：“东坡诗文，落笔辄为人所传诵。每一篇到，欧阳公为终日喜，前后类如此。一日与棐论文及坡，公叹曰：‘汝记吾言，三十年后，世上人更不道着我也！’”

③ 任渊《后山诗注》卷一：“黄鲁直见此句，叹曰：‘陈三真不可及。盖天不慭遗之悲，尽于此矣。’”陈三，即陈师道。古人称谓中有行第称，即以家族兄弟排行连同姓氏并称。尤以唐宋盛行。陈师道家族行三，故称陈三。

>>＞ 禅宗有云："丈夫自有冲天志，不向如来行处行。"平常弟子学先生，像已难，能得师一长者，即受用不尽。禅宗讲究超宗越祖，禅宗大师常说"见与师齐，减师半德"，成就较师小一半；"见过于师，方堪传授"。故禅宗横行一世，气焰万丈，上至帝王，下至妇孺，皆尊信之。图为明代戴进《达摩六代祖师像》。

佛

十八

克鲁泡特金（Kropotkin）[1]说，我们读一个人诗的时候，不能但欣赏其文字之美，同时也要注意其内容，不可只看其辞章。

我们不但要以此种态度去创作现在的诗，且可以此态度去分析、解剖、欣赏古人的诗。我们何以较之太白更喜老杜，亦此故。

人应该发现自己的短处，发现了短处才能有长进，有生活的力量。沾沾自喜者多故步自封。因此，读古人诗希望从其中得一种力量，亲切地感到人生之意义。

鲁迅先生以为读者不可只看摘句，如此不能得其全篇；又不能读其选本，如此则所得乃选者所予之暗示。[2]

---

① 克鲁泡特金（1842—1921），俄国无政府主义者、作家，代表作有《伦理学史》《互助论》《面包与自由》《狱中与逃狱》等。

② 鲁迅《且介亭杂文二集·题未定草六》："选本所显示的，往往并非作者的特色，倒是选者的眼光。""还有一样最能引读者入于迷途的，是'摘句'。它往往是衣裳上撕下来的一块绣花，经摘取者一吹嘘或附会，说是怎样超然物外，与尘浊无干，读者没有见过全体，便也被他弄得迷离惝恍。"

>>> 读一个人诗的时候，不能但欣赏其文字之美，同时也要注意其内容，不可只看其辞章。要以此态度去分析、解剖、欣赏古人的诗。读者何以较之太白更喜老杜，亦此故。图为现代张大千《李杜行吟图》。

世之论陶渊明者多误于其“采菊东篱下，悠然见南山”二句，认渊明不可从此认，以断句评人，最不可如此。

一个好的选本，等于一本著作。不怕偏，只要有中心思想。

小泉八云（L.Hearn）[1]《论读书》云：大文章要速读，得其气势；小文章要细读，得其滋味。读完之后，要合上书想我们所得之印象。

学文学应该朗读，因为如此不但能欣赏文字美，且能欣赏古人心情，感觉古人之力、古人之情。“杨柳依依”“雨雪霏霏”，怎么讲？念一念便觉其好。还不只是念，其实看一看便觉其好。

读诗、读词，听人说好坏不成，须自己读，“说食不饱”。

天下人不懂诗，便因讲诗的人太多了。而且讲诗的人话太多，说话愈详，去诗愈远。人最好由自己参悟。

---

① 小泉八云（1850—1904）：原名拉夫卡迪奥·赫恩（Lafcadio Hearn），英人，后归化日本，从妻姓，曰小泉八云。19世纪后半叶学者、作家，著有《日本：一个解释的尝试》《文学的解释》《西洋文艺论集》等。

五柳先生傳

先生不知何許人也亦不詳其姓字宅邊有五柳樹因以為號焉閑靜寡不慕榮利好讀書不求甚解每有會意便欣然忘食性嗜酒家貧不能常得親舊知其如此或置酒而招之造飲輒盡期在必醉既醉而退曾不悋情去留環堵蕭然不蔽風日短褐穿結簞瓢屢空晏如也嘗著文章自娛頗示己志忘懷得失以此自終讚曰黔婁有言不戚戚于貧賤不汲汲于富貴其言茲若人之儔與乎酬觴賦詩以樂其志無懷氏之民與葛天氏之民與

淵明柴桑人宅邊有五柳樹非彭澤也今詩人言縣令事多用五柳不知彭澤去家百里未嘗有五柳也甲辰最夏書此傳并訂此訛以俟博雅

墻東野老徐樹丕識

>>> 世之论陶渊明者多误于其“采菊东篱下，悠然见南山”二句，认渊明不可从此认，以断句评人，最不可如此。图为清代孙璜《渊明采菊图》。

分论之部

一

“子曰：‘兴于诗。’”（《论语·泰伯》）诗是感发。

古有所谓“不得已”之说。[①]“不得已”是内心的需要，如饥思食，如渴思饮。必须内心有所需求才能写出真的诗来，不论其形式是诗与否。

了解古人诗，最重要是了解古人内心的需要。有的客观条件虽需要而非内心需要，所写亦不能为诗。诗人绝不写应景文字。

“三百篇”是有什么就喊什么，想说什么就说什么，想怎么说就怎么说。古人诗是如此，后人有意避俗免弱，便不真。“真”，就是人情味。

---

① 班固《汉书·艺文志》：“《书》曰：‘诗言志，歌永言。’故哀乐之心感，而歌咏之声发。诵其言谓之诗，咏其声谓之歌。故古有采诗之官，王者所以观风俗，知得失，自考正也。孔子纯取周诗，上采殷，下取鲁，凡三百五篇，遭秦而全者，以其讽诵，不独在竹帛故也。汉兴，鲁申公为诗训故，而齐辕固、燕韩生皆为之传。或取春秋，采杂说，咸非其本义与不得已，鲁最为近之。”

>>> “三百篇”是有什么就喊什么，想说什么就说什么，想怎么说就怎么说。古人诗是如此，后人有意避俗免弱，便不真。“真”，就是人情味。图为清代吴求《诗经·豳风图》。

《诗·秦风·蒹葭》：

蒹葭苍苍，白露为霜。
所谓伊人，在水一方。
溯洄从之，道阻且长。
溯游从之，宛在水中央。

真是诗味。后人皆不免装腔作势，古人则自然是诗，不假修饰。《蒹葭》首二句是兴，后六句说“伊人”，并非实有其人，乃伊人之幻影，是幻影（幻想、幻象）之追求。

诗里有“显说”、有“隐说”。如《诗·豳风·七月》首章：

七月流火，九月授衣。
一之日觱发，二之日栗烈。
无衣无褐，何以卒岁？
三之日于耜，四之日举趾。
同我妇子，馌彼南亩，田畯至喜。

前半言衣，是显说；后半言食，是隐说。在作者或原无意于显说、隐说，行乎其不得不行，止乎其不得不止，是“不得已”，且为发自内心，非自外来。在作者是行所不得不行，止所不得不止；在读

>>> 诗里有“显说”、有“隐说”。如《诗·豳风·七月》首章，前半言衣，是显说；后半言食，是隐说。图为宋代佚名《诗经·豳风·七月图》。

者要行其所行，止其所止，更要看出其行、其止何以显、何以隐。

作者的行止与天才、修养、情意有关。

（一）天才。太白与老杜天才不同，李之不能为杜，亦犹杜之不能为李。佛说经常举狮、象代表力，但狮是狮的力，象是象的力，不能说象强于狮或狮强于象。各有各的力量，亦犹人各有各的天才。

（二）修养。天才是先天的，是基本；修养是后天的，是预备。

（三）情意。此乃动机。

如伐树，一须有力——天才；二须有斧斤——修养、预备；然还须有情意。有此三者便是"不得已"。

天下没有写不成诗的，只在一"出"一"入"。看你能出不能，能入不能。不入，写不深刻；不出，写不出来。

治文学亦须有科学脑筋，字字如铁板钉钉，句句如生铁铸成，丝毫不可放松。

《国风》中伤感诗多与《小雅》“变雅”[①]同一作风。

“莫奈何”“没办法”，是中国伤感诗普遍现象。此就内容而言。论内容当持批评态度，论作风则是欣赏态度。其表现作风真高，不论其内容可取否。如“解牛”，虽残忍而好手做出来是艺术。以批评态度看是残忍，以欣赏态度看是艺术。诗人看事、看人，也当如庖丁解牛，不可只见全牛，当看出其间隙来。

“变风”与“变雅”作风不尽相同。

“变雅”是枯燥的，在困苦环境中写出易如此。虽“变雅”比“变风”篇幅长得多。

“变风”是温润的，“变风”如天阴尚不久，或天虽阴而有裂隙可见阳光，如人虽处乱世而究竟还有希望。至“变雅”则诗人的心整个被黑暗所笼罩，对顺境、治世，觉其远哉，遥遥如同隔世。

温润是软性，枯燥是硬性；“变风”是软性，“变雅”是硬性。由硬而再软是忍性。

---

① 变雅：《诗大序》：“至于王道衰，礼义废，政教失，国异政，家殊俗，而变风变雅作矣。”由此可知，“变”盖指时世由盛转衰，而“变风”“变雅”则指《风》《雅》中周王朝政治衰乱时期之作品。至于其对应之具体篇目，说法不一。

《诗·王风·黍离》写亡国之痛，音节真动人：

彼黍离离，彼稷之苗。

行迈靡靡，中心摇摇。

“彼黍离离，彼稷之苗”，兼比兼兴；“行迈靡靡，中心摇摇”，一念便觉其“靡靡”“摇摇”了。以纯诗论，前二句佳；以动人论，则是后二句。更有甚者是以下之“悠悠苍天，此何人哉”二句，可为“三百篇”中最伤感者之一。

写秋，秋是凄凉，应用纤细文字、声音来写。“秋日凄凄，百卉具腓”（《诗经·小雅·四月》），二句将秋的纤、细、瘦全写出。

二

屈原被放，就世俗看是不幸的。但就超世俗看来，未始不是幸，否则没有《离骚》。再如老杜，值天宝之乱，困厄流离；老杜若非此乱，或无今日之伟大亦未可知。在生活上固是不幸，但在诗上说未始不是幸。

>>> 屈原被放，就世俗看是不幸的。但就超世俗看来，未始不是幸，否则没有《离骚》。图为明代陈洪绶《屈子行吟图》。

《离骚》有奋斗精神而又太有点伤感：“路曼曼其修远兮，吾将上下而求索”，“三百篇”无此等句子，《离骚》比“三百篇”有战斗、奋斗精神。

屈原的诗：

> 路曼曼其修远兮，吾将上下而求索。
>
> （《离骚》）

杜甫的诗：

> 莫自使眼枯，收汝泪纵横。
> 眼枯即见骨，天地终无情。
>
> （《新安吏》）

屈原是热烈、动、积极、乐观；杜甫是冷峭、静、消极、悲观。而其结果，都是给人以要认真活下去的意识，结果是相同的。

宋玉出于屈原，而屈含蓄，宋刻露，能自己表现个性。长在此，短亦在此。

自枚乘[①]《七发》、班固[②]《两都》以下，其叙事写景多出于楚辞。

三

曹公在历史上、诗史上皆为了不起人物。

第一先不必说别的，只其坚苦精神，便为人所不及。陶诗中亦有坚苦，杜甫亦能吃苦。一个人若不能坚苦便是脆弱，如此则无论学问、事业、思想，皆无成就。但只说曹公坚苦，盖因陶、杜虽亦有坚苦精神，然不纯：杜有幽默，陶有自然与酒。而曹公只有坚苦。

曹公有铁的精神、身体、神经，但究竟他有血有肉，是个人。他若真是铁人，我们就不喜欢他了。我们所喜欢的还是有感觉、有思想的活人。

---

① 枚乘（？—前140）：字叔，淮阴（今江苏淮安）人。西汉初期辞赋家，梁园文学群体杰出代表。《七发》为其辞赋代表作，文中吴客铺陈音乐、饮食、车马、游观、田猎、观涛、论道七事，指陈骄奢淫逸之弊害，以启发太子。

② 班固（32—92）：字孟坚，扶风安陵（今陕西咸阳）人。东汉史学家、文学家。《两都赋》为其辞赋代表作，确立了京都赋的创作格局。

>>> 曹操在历史上、诗史上皆为了不起人物，他有铁的精神、身体、神经，但究竟他有血有肉，是个人。图为曹操像。

中国诗人一大毛病便是不能跳入生活里去。曹、陶、杜其相同点便是都从生活里磨炼出来，如一块铁，经过锤炼始能成钢。别的诗人都有点逃脱，纵使是好铁，不经锤炼也不是全钢，所以总是有点“幽灵似的”。曹、陶、杜三人之所以伟大，就是他们在实际生活中确实磨炼了一番才写诗。

但一块好铁才经得起炉火锤炼，若是木头或坏铁，纵不成灰，也不能成钢。中国诗人不肯跳进去，固然是胆小，也正是他的聪明。这样的诗人我常怀疑他若跳进生活之火炉，若他还能吟风弄月，还算好汉，大概怕也不能了吧！

曹公在诗史上作风与他人不同，因其永远是睁开眼正视现实。他人都是醉眼朦胧，曹公永睁着醒眼。诗人要欣赏，醉眼固可欣赏，但究竟不成。如中国诗人写田家乐、渔家乐，无真正体认，才真是醉眼。

若人能开自己玩笑是真正幽默家，这要能欣赏自己苦痛才行。如其《苦寒行》：

> 北上太行山，艰哉何巍巍。
> 羊肠坂诘屈，车轮为之摧。
> 树木何萧瑟，北风声正悲。
> 熊罴对我蹲，虎豹夹路啼。

溪谷少人民，雪落何霏霏。
延颈长叹息，远行多所怀。
我心何怫郁，思欲一东归。
水深桥梁绝，中路正徘徊。
迷惑失故路，薄暮无宿栖。
行行日已远，人马同时饥。
担囊行取薪，斧冰持作糜。
悲彼东山诗，悠悠使我哀。

真是坚苦卓绝，不向人示弱。曹公之能如此，亦时势造英雄。

最后两句“悲彼东山诗，悠悠使我哀”，写痛苦而音节真好。“悲彼”“我哀”两个双声字，用得好。

老曹《苦寒行》诗发皇，而一点也不竭蹶。

曹孟德的诗在“三百篇”以后，异军突起，乃出于“变雅”。其《步出夏门行》：

东临碣石，以观沧海。
水何澹澹，山岛竦峙。
树木丛生，百草丰茂。
秋风萧瑟，洪波涌起。
日月之行，若出其中。

>> > 曹操的《步出夏门行》，写荒凉易归于衰飒，写荒凉而能有力且表现出壮美。图为现代傅抱石《观沧海》。

星汉灿烂，若出其里。

写荒凉易归于衰飒，写荒凉而能有力且表现出壮美者，唯有孟德。杜工部有一部分是得力于孟德诗，如：

浮云连阵没，秋草遍山长。
闻说真龙种，仍残老骕骦。
哀鸣思战斗，迥立向苍苍。

（《秦州杂诗二十首》其五）

黄季刚[①]先生说，后来人修辞能力高于前人，但未必佳于前人。“三百篇”共同色彩是笃厚，孟德是峭厉，“向上一路，千圣不传”（圆悟克勤禅师语）[②]。

“三百篇”富弹性，至曹孟德四言则以锤炼气力胜。

老骥伏枥，志在千里。
烈士暮年，壮心不已。

（《步出夏门行·龟虽寿》）

---

① 黄季刚（1886—1935）：黄侃，字季刚，湖北蕲春人。近现代语言文字学家，著有《音略》《说文略说》《尔雅略说》《文心雕龙札记》等数十种。曾任教于北京大学。

② 《碧岩录》卷二：“向上一路，千圣不传，学者劳形，如猿捉影。”圆悟（1063—1135），名克勤，字无著，号碧岩，北宋临济宗杨岐派代表人物。

日月之行，若出其中。

星汉灿烂，若出其里。

（《步出夏门行·观沧海》）

可以此八句代表曹诗。曹操四句写大海，曰“中”、曰“里”，将大海之雄壮阔大写出。然仍不如“三百篇”之有弹性，含不尽之意见于言外，言有尽而意无穷。陶似较曹有情韵，然弹性仍不及“三百篇”。此非后人才力不及前人，恐系静安先生所谓“运会”[1]（风气），乃自然之演变。

曹操诗传下来虽不多，但真对得起读者。

曹氏父子含蓄稍差，而真做到了发皇的地步。

老曹发皇是力的方面，曹子建发皇是美的方面，如其“秋兰被长坂，朱华冒绿池”（《公宴》），虽无甚了不起，而开后人一种境界。无论美与力，发皇出来有一共同点，即气象。后人小头锐面，气象不好。

诗人之伟大与否当看其能否沾溉后人子孙万世之业。老曹思想精神沾溉后人，子建是修辞沾溉后人。

---

① 王国维《人间词话》：“北宋风流，渡江遂绝，抑真有运会存乎其间耶？”

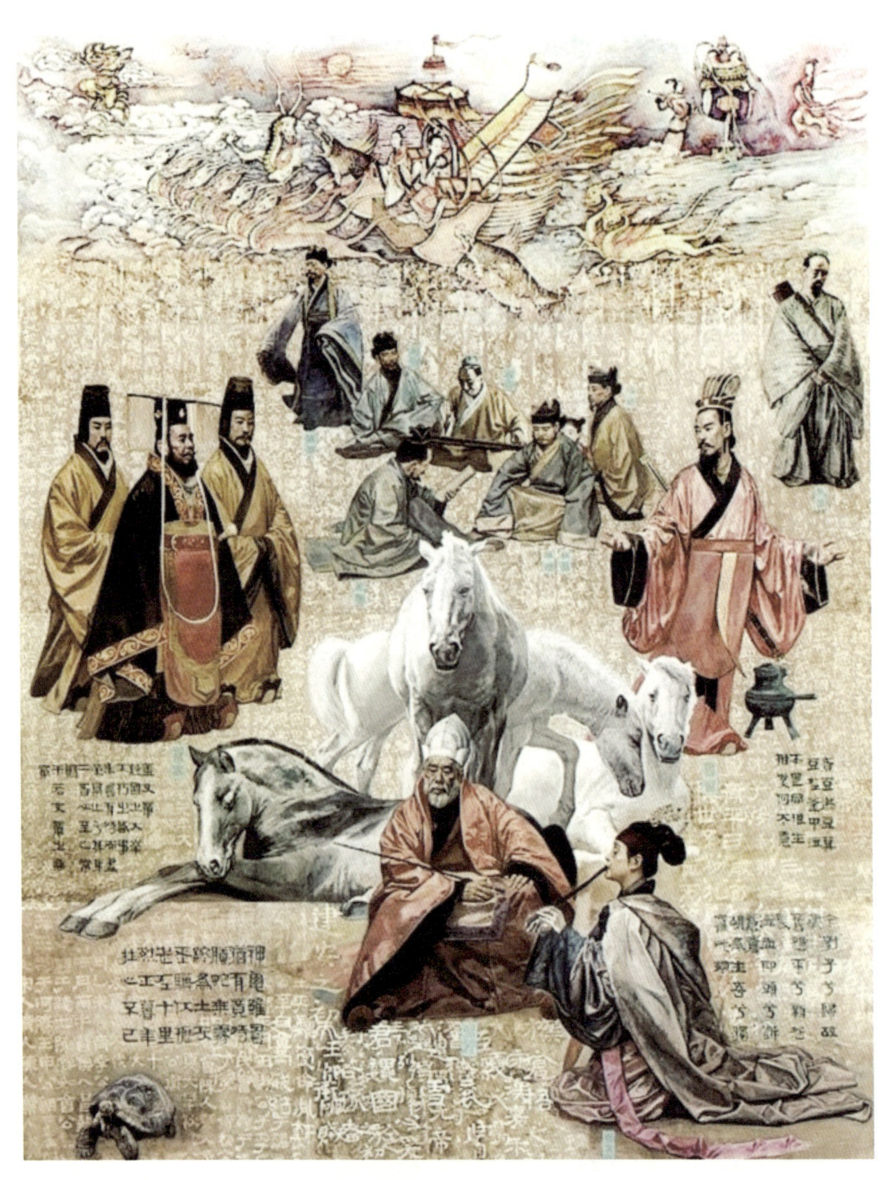

>>> 曹操诗传下来虽不多，但真对得起读者。曹氏父子含蓄稍差，而真做到了发皇的地步。图为当代沈嘉蔚、王兰《曹氏父子与建安文学》。

曹子建诗工于发端：

八方各异气，千里殊风雨。

（《泰山梁甫行》）

惊风飘白日，忽然归西山。

圆景光未满，众星粲以繁。

（《赠徐干》）

高台多悲风，朝日照北林。

之子在万里，江湖迥且深。

（《杂诗六首》其一）

明月照高楼，流光正徘徊。

上有愁思妇，悲叹有余哀。

（《七哀》）

曹子建作风华丽，可以其所作乐府为代表。

华丽是眼官视觉，曹子建无深刻思想，只是视觉锐敏。

左拉（Zola）[①] 有眼官的盛宴。曹子建与左拉不同：曹子建所见是物象，左拉所见是人生；物象是外表，人生是内相。所见是外表，故所写是肤浅的；所见是内相，故所写是深刻的。

---

① 左拉（1840—1902）：法国19世纪后半叶作家，自然主义文学流派领袖，代表作为大型长篇系列小说《卢贡—马卡尔家族》，共20部。

>>> “文人相轻，自古而然。”（曹丕《典论·论文》）文人相轻，亦由自尊来，而以理智判断又不得不有所“怕”。图为东晋顾恺之《洛神赋图》（宋摹本）。

曹植是千古豪华诗人之祖："顾盼遗光彩，长啸气若兰。"《美女篇》诗可以说是好诗，而太豪华。《洛神赋》也太豪华，而此外一无可取，无意义。

一个诗人不必有思有情，主要有觉就照样可成诗人，而必有觉，始能有情思。

曹子建有觉而无情思。《美女篇》虽亦写情思而情不真、思不深。曹子建知道自己，故《赠白马王彪》好，而写美女写糟了，妖美得太过，写形貌，写意态，而少情思。

《赠白马王彪》是别调，虽也是视觉发达，却深刻不浮浅，便因其有切肤之痛。然而也仍是功过各半：功——深刻；过——小我色彩过重。

曹子建在自我抒写方面，此篇有最大成功。以修辞而论，此篇亦非他篇所可及。诗人只有真情不成，还要有才力、学力以表现。

曹植《赠白马王彪》全诗分七章。七即一，分为清楚，合为统一，七章皆有线索，似分实合。

《赠白马王彪》好在不工于发端。

首章"谒帝承明庐，逝将归旧疆"以下"清晨发皇邑，日夕过首阳。伊洛广且深，欲济川无梁。泛舟越洪涛，怨彼东路长"，此数

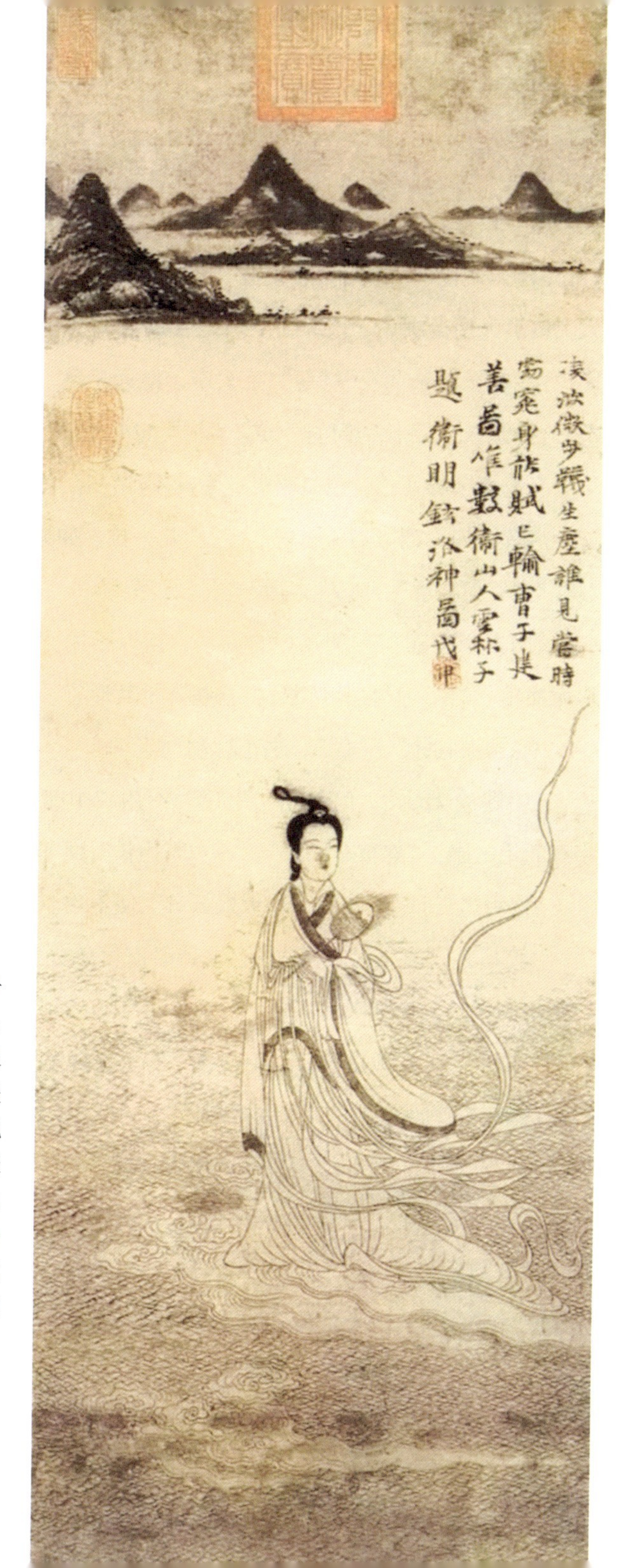

>>> 曹植是千古豪华诗人之祖：“顾盼遗光彩，长啸气若兰。”《美女篇》诗可以说是好诗，而太豪华。《洛神赋》也太豪华，而此外一无所取，无意义。图为元代卫九鼎《洛神图》。

句如旅行纪程，不是诗，但是好，徐徐写来，力气不尽。数句一直向前，至“顾瞻恋城阙，引领情内伤”则向回一顾。

“泛舟越洪涛”，用“过大波”，便不成，“越洪涛”三字字音洪大。该洪大便得洪大，该纤细便得纤细。

“怨彼东路长”，一“怨”字去声，便远；说“恨彼东路长”，便不好；“愁彼东路长”简直不成。“恨”也是去声，但纤细短促。每个字有每个字的音色，色是眼见，百闻不如一见，听这个声音不如看这个声音。如谭鑫培唱《碰碑》，过门儿一拉，如见塞外风沙。

“太谷何寥廓”，“寥”，远；“廓”，深。

“山树郁苍苍”，“树”原为动词，何以不用“山木”？“木”字形太简单。“郁”只言其形象，“苍苍”是其形态。

“霖雨泥我涂”，“泥”，去声，动词。

“中逵绝无轨”，何以用“中逵”不用“中路”“中道”？“逵”字有断绝之感。“怨彼东路长”，说“东逵长”便不行。

“修坂造云日”，若说“长坂造云日”便不成。

“我马玄以黄”，“黄”，病也。诗必有凝练处，不如此不稳，顿之则山安；然仅如此则气不畅，故又必有生动之句，导之则泉注，如此则不滞。故“修坂造云日”下便接“我马玄以黄”。

《赠白马王彪》前两章阳韵阳声，情调慷慨，音节高亢，色彩鲜明。自“玄黄犹能进”以后，一变而为沉郁、暗淡、沮丧。于此可知诗之音调与韵尾的关系，阳声字显得长，阴声字短，入声字更短。全诗音节变换，有长短高下——“太谷”一章高亢，“玄黄”一章沉郁，“踟蹰”一章呜咽，“太息”一章涕泣哀怨（涕泣不是悲伤，是哀怨）。

曹子建诗工于发端。因诗情不够，只能工于发端。《赠白马王彪》诗情足够，故不露竭蹶之势。此篇诗发端虽不工，而到底不懈，乃曹子建代表作。

四

余不敢说真正了解陶诗本体。读陶集四十年，仍时时有新发现，自谓如盲人摸象。陶诗之不好读，即因其人之不好懂。陶之前有曹，之后有杜，对曹、杜觉得没什么难懂，而陶则不然。

古今中外之诗人所以能震烁古今、流传不朽，多以其伟大，而陶之流传不朽，不以其伟大，而以其平凡。他的生活就是诗，也许这就是他的伟大处。

陶诗平凡而伟大，浅显而深刻。

曹孟德在诗上是天才，在事业上是英雄，乃了不得人物。唐宋称曹孟德为曹公，称陶渊明为陶公，非如此不能表现吾人之敬慕。陶渊明过田园生活，极平凡，其平凡之伟大与曹公不平凡之伟大同。

>>> 古今中外之诗人所以能震古烁今、流传不朽，多以其伟大，而陶之流传不朽，不以其伟大，而以其平凡。图为现代傅抱石《靖节先生》。

平凡不易引人注意，而平凡之极反不平凡，其主要原因是能把诗的境界表现在生活里。

陶诗比之杜诗总显得平淡，如泉水与浓酒。浓酒刺激虽大，而一会儿就完，反不如水之味永。若比之曹诗是平凡多了，但平凡中有其神秘。

平淡而有韵味，平凡而又神秘，此盖为文学最高境界。陶诗盖作到此地步了。

诗必使空想与实际合二为一，否则不会亲切有味。故幻想必要使之与经验合二为一，经验若能成为智慧则益佳。陶诗耐看耐读，即能将经验变为智慧。

陶诗如铁炼钢，真是智慧，似不使力而颠扑不破。

陶集中不好者少。

> 衰荣无定在，彼此更共之。
> 邵生瓜田中，宁似东陵时。
>
> （《饮酒二十首》其一）

陶诗尚朴，更自然，毫无作态。“衰荣无定在，彼此更共之”是说理，是散文，而写成诗了。深刻、严肃，而表现得自在。

或谓陶渊明乃隐逸诗人，此不足以尽括渊明。渊明是积极的、进取的。

或曰陶渊明诗冲澹、恬澹（冲：和；恬：安静），恬澹偏于消极，而陶是积极的。如其《荣木》末章云："先师遗训，余岂云坠！四十无闻，斯不足畏。脂我名车，策我名骥；千里虽遥，孰敢不至！"其《荣木·自序》又云："荣木，念将老也。日月推迁，已复九夏；总角闻道，白首无成。"故陶诗之冲澹，其白如日光七色，合而为白，简单而神秘。

或谓陶乃田园诗人、躬耕诗人。

中国第一个写田园的诗人当推陶渊明。这一方面是革新，一方面是复古（"三百篇"中有写田园之诗）。以田园诗人之称归之陶，尚不因此，另有两点原因：

其一是身经。自己下手，不是旁观，与唐之储光羲[1]、王维、韦应物[2]等人不同，彼等虽亦写田园，而不承认其为田园诗人。许多文人只是旁观者，而旁观亦有多种：一种旁观是冷酷的裁判，一种是热烈的欣赏。前者是要发现人类的罪恶，后者是要赞扬人类的美德；前者对黑暗，后者对光明。又一种是如实的记录。这三种在文学家都是

① 储光羲（707？—763）：润州延陵（今江苏丹阳）人。唐代山水田园诗人，有《储光羲集》。

② 韦应物（737？—792）：京兆万年（今陕西西安）人。中唐诗人，以写山水田园著称，有《韦苏州集》。

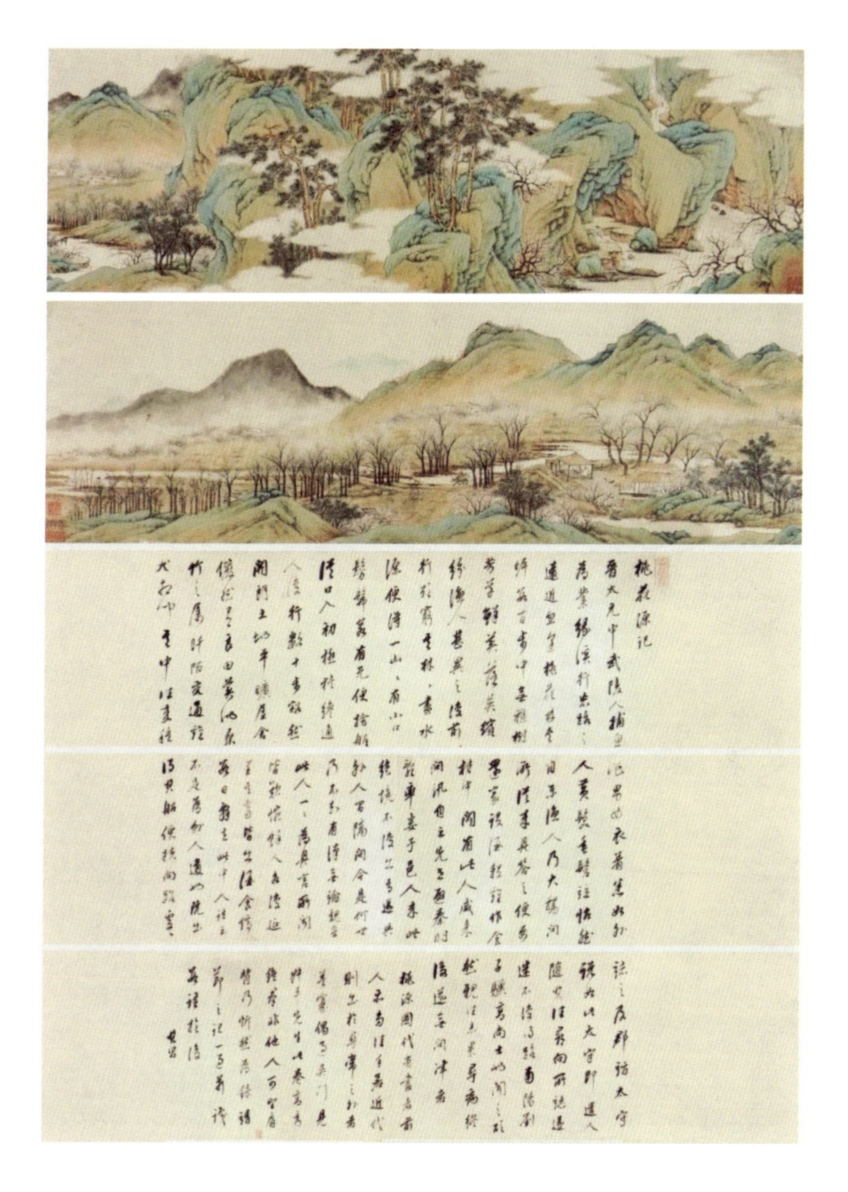

>>> 或谓陶渊明乃田园诗人、躬耕诗人。实则田园诗人、田园诗不足以尽其人、其诗。图为明代陆治、董其昌《桃花源记文画合璧》。

>>> 中国第一个写田园的诗人当推陶渊明。陶之田园诗是本之心灵经验而写出其最高理想。图为明代周臣《山亭纳凉图》。

好的。陶渊明不属于前三种，而是写自己本身经验，不只是技能上的、身体上的，而且是心灵上的，故非旁观者。王、韦等人写田园，则是不切实，油滑。

其二是理想。陶之田园诗是本之心灵经验写出其最高理想，如其“种豆南山下”（《归园田居五首》其三）一首。

陶渊明躬耕，别的田园诗人都是写田园之美，陶渊明写田园是说农桑之事。

田园诗实亦不可包括陶渊明诗，田园诗人、田园诗，不足以尽其人、其诗。

或曰陶诗和平，犹不足信。

陶渊明心中有许多不平事，所差者，自己不愿把自己气死。人不生气除是橡皮人、木头人，而诗人是有血有肉而且感觉最锐敏的人，与一般俗人往来何能不生气？而又不甘于为俗人气死，所以喝酒、赋诗。其和平之作不是和平，而是悲哀；至于慷慨之作，则根本非和平，如其《咏荆轲》。

朱子曰：“陶渊明诗，人皆说是平淡，据某看他自豪放，但豪放得来不觉耳。”（《朱子语类》卷一百四十）

陶有的诗其“崛”不下于老杜，如其《饮酒二十首》之第九首：“且共欢此饮，吾驾不可回。”然此仍为平凡之伟大，念来有劲。常人多仅了解“悠然见南山”，非真了解。

>> > 陶渊明心中有许多不平事，所差者，自己不愿把自己气死。而又不甘于为俗人气死，所以喝酒、赋诗。图为明代丁云鹏《白描陶渊明逸事图》(局部)。

诗人多好饮酒。何也？其意多不在酒。

陶诗篇篇说酒，然其意岂在酒？[①] 凡抱有寂寞心的人皆好酒。世上无可恋念，皆不合心，不能上眼，故逃之于酒。

陶诗《饮酒二十首》之第一首："忽与一觞酒，日夕欢相持。"这就是有寂寞心的人对酒的一点欢喜。

诗人应感觉锐敏，神经如琴弦，但应身体如钢铁，二者合起来，才是诗人的健康，缺一不可。前一条件不容易，而诗人凡成功者多能如此；而后者，则中国诗人多是病态的。由生理之不健康，影响到心理之不健康，此乃中国诗人最大毛病。

陶公心理健康，在这一点上老杜也不成。老杜就不免躁，躁是变态。

陶公，乐天知命。乐天知命固是消极，然能如此必须健康，无论心理、生理。若有一点不健康，便不能乐天知命。乐天知命不但要一点儿功夫，且要一点儿力量。

陶公曰："审容膝之易安。"(《归去来兮辞》)陶公实际积极进取，唯在享受上只"容膝"而已。

---

① 萧统《陶渊明集序》："有疑陶渊明诗篇篇有酒。吾观其意不在酒，亦寄酒为迹者也。"

我们伤感悲哀，是因我们看到其不得不然，而不知其自然而然。知其为不得不然，但并非麻木懈怠，不严肃，而是我们的感情经过理智整理了。陶盖能把不得不然看成自然而然。

陶渊明把别的都搁下了，都算了，但这正是不搁下，不算了。陶诗是健康的，陶公是正常的。而别人都不正常：标奇立异，感慨牢骚。陶公不如此。无论从纵的历史还是从横的社会看，但凡痛哭流涕、感慨牢骚的人，除非不真，若真，不是自杀，便是夭亡，或是疯狂。痛哭感慨是消耗，把精力都消耗了，还能做什么？陶渊明不为此无益之事。

人生精力有限、时间不多，要腾出工夫做些有益之事。“不作无益害有益”（《尚书·旅獒》），是俗话，也是真话。

代耕本非望，所业在田桑。

（《杂诗八首》其八）

别的田园诗人是站在旁观地位，而陶是自己干。

陶渊明写“晨兴理荒秽，带月荷锄归”（《归园田居五首》其三），也还是象征多而写实少，那么他是骗人吗？不是，不是，他做事向来认真。就算这是象征，他也确过此种生活，否则他写向前、向上，何必多用“耕”“田”字眼？

不但陶诗，任何人诗皆可用此去分析，他好用某种字眼，必是于此种生活熟悉。

“晨兴理荒秽，带月荷锄归”明明说草、说锄、说月，都是物，而其写物是所以明心。而大谢只是将心逐物。

中国诗传统精神不说丑恶之事，陶诗不然。

“披褐守长夜，晨鸡不肯鸣”（《饮酒二十首》其十六）——寒；

“饥来驱我去，不知竟何之”（《乞食》）——饥；

“造夕思鸡鸣，及晨愿乌迁”（《怨诗楚调示庞主簿邓治中》）——赶快活完了事。

诗是人生的反映，我们从前人诗中虽不能见到现在生活，至少可见到古人生活。

美与善是人生色彩，丑与恶也是人生色彩。

陶渊明没有宗教信仰，他以工作克服痛苦是有心无力，他身体不好。

陶渊明与老杜不同。陶公在心理一番矛盾之后，生活一番挣扎之后，才得到调和。陶公的调和不是同流合污，不是和稀泥，不是投降，不是妥协。世上之老世故、机灵鬼，没有个性思想了，这是可怕的，这并不是调和。

陶渊明没有宗教信仰，他以工作克服痛苦是有心无力，他身体不好。图为明代唐寅《陶潜赏菊图》。

什么是调和？觉得这世界还可以住，不是理想的那么好，也不像所想的那么坏。

要常常反省，自己有多少能力，尽其在我去努力。与外界摩擦渐少，心中矛盾也渐少，但不是不摩擦，也不是苟安偷生，是要集中我们的力量去向理想发展。时常与外界起冲突，那就减少自己努力的力量。孟子说："人有不为也，而后可以有为。"（《孟子·离娄下》）

陶公没受过摧残压迫吗？受过。而读起来总觉得不如曹、杜之热烈、深刻。此为先天抑人力修养？盖二者兼而有之。

诗人夸大之妄语，乃学道所忌，佛教有"持不妄语戒"。诗人觉得不如此说不美，不鲜明。此为自来诗人之大病，即老杜亦有时未能免此，如其"致君尧舜上，再使风俗淳"（《奉赠韦左丞丈二十二韵》）。陶公没有这个。他之饮酒实不得已，未见爱之深也。而且陶公做不到的不说，说的都做到了，这一点便了不得。一般人都是说了不做，陶渊明是言顾行、行顾言。陶公并非有心言行相顾，而是自然相顾。

陶诗中有知解，其知解便是我的认识。他不是一个狂妄、夸大、

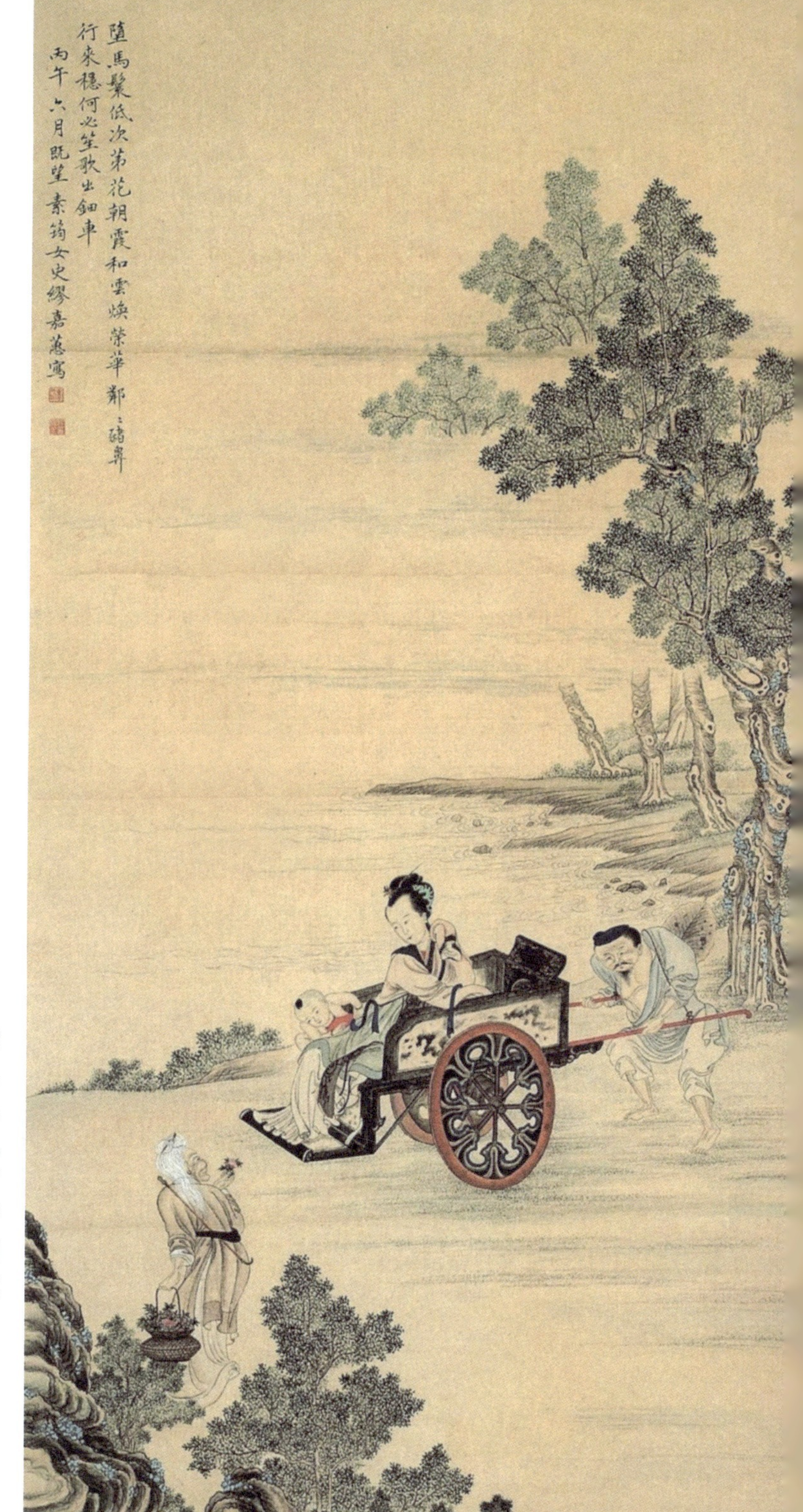

>>> 时常与外界起冲突，那就减少自己努力的力量。孟子说：“人有不为也，而后可以有为。”图为清代缪嘉惠《孟母三迁》。

糊涂的人，所以清清楚楚认识了自己的渺小。

李白好像一点知解也没有。“生不用封万户侯，但愿一识韩荆州”（《与韩荆州书》），好像只要人一捧就好。渊明这点比他们高。在相信自己这一点上，除去老曹恐怕无人可比。至于老杜，对陶公虽不能比肩，至少可追踪。

人皆谓杜甫为诗圣。若在开合变化、粗细兼收上说，固然矣；若在言有尽而意无穷上说，则不如称陶渊明为诗圣。

以写而论，老杜可谓诗圣；若以态度论之，当推陶渊明。老杜是写，是能品而几于神，陶渊明则根本是神品。

从前以为陶必有与常人不同处，但今觉其似与老杜一鼻孔出气。他心中时而是乌鸦的狂噪，时而是小鸟的歌唱；时而松弛，时而紧张。但以之评其诗则不可，他诗还没有这么大差异，只是时而严肃，时而随便；时而高兴，时而颓唐；时而松弛，时而紧张。

采菊东篱下，悠然见南山。

（《饮酒二十首》其五）

千古名句，也是千古的谜。究为何意，无人懂。悠然的是什么？若作见鸡说鸡、见狗说狗，岂非小儿？更非渊明。可以说是把小我没入大自然之内了。

读陶渊明诗不能只看“采菊东篱下，悠然见南山”一面。

陶公《饮酒二十首》，除一点哲理外，仍不外伤感、悲哀、愤慨。

陶公《饮酒二十首》越写越有力、越响。

《饮酒二十首》其二言“善恶”：

> 积善云有报，夷叔在西山。
>
> 善恶苟不应，何事空立言。

“积善之家必有余庆，积不善之家必有余殃。”（《易传·文言》）

为世人说法不得不有“报”，儒、佛皆然。而在世法，有时证明“报”是不可靠的，因善有时恶报，恶有时善报。但难道因此就不做好人吗？还要做。无所为而为，这是最高的境界，也就是最苦的境界。人吃苦希望甜来，但甜不一定来而且还一定不来，但还要吃苦，这便是热烈、深刻。但陶写来还是平淡。无论多饿，无论遇见多爱吃的东西，也还要一口口慢慢吃；人说话、作文也还要一句句慢慢说，不必激昂慷慨说，不也可以说出来吗？

孔子曰：“富而可求也，虽执鞭之士，吾亦为之；如不可求，从

>>> 陶公《饮酒二十首》，除一点哲理外，仍不外伤感、悲哀、愤慨。图为明代丁云鹏《漉酒图》。

吾所好。”(《论语·述而》)

《饮酒二十首》其九：“纡辔诚可学，违己讵非迷。且共欢此饮，吾驾不可回。”

陶渊明真是儒家精神，比韩愈、杜甫通。陶渊明够圆通、冲淡了，而所说仍不及孔子缓和。陶究竟是诗人，负气得很；孔子“从吾所好”，是伟大哲人、诗人态度。

平常说写诗写成散文，诗不高，其实还是其散文根本就不高。

陶诗为诗中散文最高境界。《饮酒二十首》“有客”一首的前两句：“有客常同止，取舍邈异境。”似诗的散文。

“三百篇”是幼稚的，陶渊明诗是成熟的。“三百篇”以后，四言诗人曹孟德、陶渊明，都是变。以前余以为陶与“三百篇”乃外形不同，非也。表面字句与“三百篇”一鼻孔出气，只是内容不同。“三百篇”无思想，陶诗有思想。

《史记》、杜诗、辛词皆喷薄而出，渊明是风流自然而出。

《人间词话》引昭明太子评陶诗语：“抑扬爽朗，莫之与京”，引

>>> 陶渊明够圆通、冲淡了，但他究竟是诗人，负气得很。图为清代佚名《桃花源图》。

王无功称薛收[①]赋："嵯峨萧瑟，真不可言"。文学要有此两种气象。

老杜有时是嵯峨萧瑟，李白是抑扬爽朗；白乐天若是抑扬爽朗，韩退之就是嵯峨萧瑟；李贺当然并非抑扬爽朗，嵯峨萧瑟近之矣；苏东坡若是抑扬爽朗，黄山谷就是嵯峨萧瑟。他们不过有时如此。真够得上抑扬爽朗的，只有陶渊明。

五

王绩《野望》：

> 东皋薄暮望，徙倚欲何依。
> 树树皆秋色，山山唯落晖。
> 牧童驱犊返，猎马带禽归。
> 相顾无相识，长歌怀采薇。

王无功写《野望》时心是无着落的。"徙倚欲何依"，"欲何依"三字是一种无可奈何的心情，亦即寂寞心。真正寂寞，外表虽无聊而内心忙迫，王氏此诗便在此情绪中写出。

---

① 薛收（591—624）：字伯褒，薛道衡之子，蒲州汾阴（今山西万荣西南）人。初唐十八学士之一，著有《琵琶赋》《白牛溪赋》《上秦王表》等。

>>> 王无功写《野望》时心是无着落的。“徙倚欲何依”，“欲何依”三字是一种无可奈何的心情，亦即寂寞心。图为明代佚名《野望》诗意画。

王氏此诗是凄凉的。平常人写凄凉多用暗淡颜色，不用鲜明颜色。“树树”两句，“牧童”两句，“相顾”两句，生机旺盛。

王无功之“树树皆秋色，山山唯落晖”是内外一如，写物即写其心，寂寞、悲哀、凄凉、跳动的心。若但曰“树树秋色，山山落晖”，便死板了。

“牧童驱犊返，猎马带禽归”，是生的色彩。此二句是“事”，既曰“事”，自有生、有人。“牧童驱犊返”，多么自在；“猎马带禽归”，多么英俊！无功的确感到其自在、英俊（有英气）。

杜审言[①]《和晋陵陆丞早春游望》：“云霞出海曙，梅柳渡江春。”二句是生的色彩、力的表现，遮天盖地而来，而又真自在。全首只此二句好。[②]王维《观猎》：“风劲角弓鸣，将军猎渭城。草枯鹰眼疾，雪尽马蹄轻。”不能将心、物融合，故生的色彩表现不浓厚。王维四句不如无功“猎马带禽归”一句。

无功首尾四句不见佳，然诗实自此出，此诗之成为好诗不只在中间两联。

---

① 杜审言（645？—708）：字必简，襄阳（今湖北襄阳）人。初唐诗人，与李峤、崔融、苏味道并称“文章四友”。

② 《和晋陵陆丞早春游望》全诗如下：“独有宦游人，偏惊物候新。云霞出海曙，梅柳渡江春。淑气催黄鸟，晴光转绿蘋。忽闻歌古调，归思欲沾襟。”

>>> 王维《观猎》:“风劲角弓鸣，将军猎渭城。草枯鹰眼疾，雪尽马蹄轻。”不能将心、物融合，故生的色彩表现不浓厚。图为元代佚名《猎骑图》。

沈佺期[①]《古意》：

> 卢家少妇郁金堂，海燕双栖玳瑁梁。
>
> 九月寒砧催木叶，十年征戍忆辽阳。
>
> 白狼河北音书断，丹凤城南秋夜长。
>
> 谁为含愁独不见，更教明月照流黄。

首言“卢家少妇”，则莫愁也；堂曰“郁金”，梁曰“玳瑁”，则豪家也。次句“海燕双栖”，则良辰美景也。一首愁苦之诗，看他开端如此富丽，且莫说是修辞学所谓“对比”。

前三句言闺中，第四句言塞外，始入本意，正写愁苦，而音节如此朗畅，气象如此阔大。诗人对人生极富同情心，而另一方面又极冷酷，能言人之所不能言，欣赏人之所不敢欣赏，须于二者（同情心、冷酷）得一调和。极不能调和的东西得到调和，便是最大成功、最高艺术境界。后人作诗不是“杀人不死”，便是“一棍棒打死老虎”。后之诗人作品单调，便是不能于矛盾中得调和。

五、六两句，“白狼河”“丹凤城”，属对之工且不必说，须看他又是一句塞外，一句闺中，开合之妙，真与三、四两句相同，而所谓气象与音节者，殆将过之，此真《中庸》所说“君子无入而不自得焉”（十四章），更不必说后人诗如寒蜩声咽、辕驹气短也。学者须于此处着眼，不可轻轻放过。这四句中，“寒砧”对“征戍”，“音书”对“秋夜”，不工，而气象好。

七、八两句是结，不见有甚奇持，吾人不必责备，故亦不苛求。

---

① 沈佺期（656？—716？）：字云卿，相州内黄（今河南内黄）人。初唐诗人，尤长七言之作，与宋之问并称“沈宋”。

古人诗开合好，尤其唐人，至宋人则小矣。如陆放翁诗“小楼一夜听春雨，深巷明朝卖杏花”（《临安春雨初霁》），陈简斋诗“客子光阴诗卷里，杏花消息雨声中”（《怀天经智老因访之》），虽亦有开合，而皆不及沈佺期《古意》开合大。

陈子昂[①]《登幽州台歌》：

> 前不见古人，后不见来者。
> 念天地之悠悠，独怆然而涕下。

此首风雷俱出，是唐人诗，且是初唐诗。

沈归愚[②]曰：

> 余于登高时，每有今古茫茫之感。古人先已言之。（《唐诗别裁集》卷五）

沈氏之言虽不错，然不免使原诗价值减低。

---

① 陈子昂（659—700）：字伯玉，梓州射洪（今属四川）人。初唐诗人，倡导风雅兴寄，有《感遇》三十八首，《登幽州台歌》为其代表诗作。

② 沈归愚（1673—1769）：沈德潜，字碻士，号归愚，长洲（今江苏苏州）人。清乾嘉时期诗人、诗论家，论诗主“格调”，著有《古诗源》《说诗晬语》《唐诗别裁集》等。

>>> 陈子昂《登幽州台歌》:“前不见古人，后不见来者。念天地之悠悠，独怆然而涕下。”此首风雷俱出，是唐人诗，且是初唐诗。图为《登幽州台歌》诗意画。

人不往高处看，不往深处想，觉得自己了不得；一到高处、深处，便自觉其渺小。陈诗读之可令人将一切是非善恶皆放下。

哲理是超时间、空间的，所以陈子昂《登幽州台歌》可以说是说理的。

如果对王绩《野望》、沈佺期《古意》、陈子昂《登幽州台歌》三诗加以区分，王诗是写景，沈诗是抒情，陈诗是用意（也是写景，也是写情，然情、景二字不足以尽之，故名之曰“意”）。

三篇诗分言之：一为写景，一为抒情，一为说理。然三篇合言之，亦有相同者。作学问须能于“同中见异、异中见同”。三篇诗相同处即初唐的一种作风。初唐作风的特色：一点是动，是针对六朝梁陈诗的“静”；一点是音节；又一点是气象阔大。

唐初陈子昂、张九龄[①]、“四杰”[②]尚气。此“气”非孟子所谓“浩然之气”（《孟子·公孙丑上》），此“气”乃感情之激动。初唐诸

---

① 张九龄（678—740）：字子寿，韶州曲江（今广东韶关）人。唐代玄宗朝贤相，诗歌成就颇高。

② 四杰：即初唐王勃（650—676）、杨炯（650—693）、卢照邻（634？—683）、骆宾王（623—684）。就诗歌而言，王、杨长于五律，卢、骆长于歌行。

>>> 唐初陈子昂、张九龄、“四杰”尚气。此“气”非孟子所谓“浩然之气”，此气乃感情之激动。图为“四杰”画像。

诗人之如此，第一因其身经乱离，心多感慨；第二则是朝气，因初唐经南北朝后大一统，真正的太平，人有朝气、蓬勃之气。

故初唐、盛唐诗，诗人经乱离入太平，一方面有感情之冲动，一方面有朝气之蓬勃。

六

欲了解唐诗、盛唐诗，当参考王维、老杜二人。几时参出二人异同，则于中国之旧诗懂过半矣。

摩诘不使力，老杜使力。王即使力，出之亦为易；杜即不使力，出之亦艰难。

姚鼐谓王摩诘有三十二相（《今体诗钞》）。[①] 佛有三十二相，乃凡心凡眼所不能看出的。

---

① 姚鼐《今体诗钞序目》："右丞七律，能备三十二相而意兴超远，有虽对荣观，燕处超然之意，宜独冠盛唐诸公。"姚鼐（1731—1815），字姬传，桐城（今安徽桐城）人。清代桐城派散文集大成者，与方苞、刘大櫆并称"桐城三祖"，提倡文章要"义理""考据""辞章"三者相互为用。著有《惜抱轩文集》，编选《今体诗钞》《古文辞类纂》。

王维乃诗人、画家，且深于佛理。深于佛理则不许感情之冲动，亦无朝气之蓬勃，统辖其作风者，乃静穆。

还须注意其描写多为客观的。王维、孟浩然、储光羲等写田园，是写实的、客观的。“开轩面场圃，把酒话桑麻。待到重阳日，还来就菊花”（孟浩然《过故人庄》），说田园只是田园，场圃只是场圃。陶渊明写“种豆南山”一事，象征整个人生所有的事。

王维是写实的，陶渊明是象征的。

王维是狭隘的，陶渊明是普遍的。

王维受禅家影响甚深，自《终南别业》一首可看出。

放翁“山重水复疑无路，柳暗花明又一村”（《游山西村》）与王维《终南别业》之“行到水穷处，坐看云起时”颇相似，而那十四字真笨。王之二句是调和，随遇而安，自然而然，生活与大自然合而为一。陶诗“采菊东篱下，悠然见南山”亦然。“采菊”偶然“见南山”，自然而然，无所用心。王维偶然“行到水穷”亦非悲哀，“坐看云起”亦非快乐。天下值得欢喜的事甚多，而常忽略过去。不必拍掌大笑，只要自己心中觉得受用、舒服即可。令人大笑之事只是刺激。慈母爱子相处，不觉欢喜，真是欢喜，然后知“采菊东篱下，悠然见南山”是多大欢喜，而不是哈哈大笑。“行到水穷处，坐看云起时”二句亦然。“山重水复”十四字太用力，心中不平和。

>>> 陆游“山重水复疑无路，柳暗花明又一村”与王维《终南别业》之“行到水穷处，坐看云起时”颇相似，而那十四字真笨。图为清代杜湘《山水册》(三)。

诗教温柔敦厚，便是教人平和。王此二句或即从陶诗二句来。

宋人诗中有两句似王氏二句，而很少被人注意，即陈简斋《题小室》：“炉烟忽散无踪迹，屋上寒云自黯然。”才说炉烟散尽，即接上“寒云”，意境好，唯“黯然”二字太冷，境象亦稍狭小、枯寂耳。

王摩诘诗蕴藉含蓄，什么也没说，可什么都说了。常言之动静、是非、善恶是相对的，而诗之最高境界是绝对的，真、美、善三位一体。“雨中山果落，灯下草虫鸣”（《秋夜独坐》），是美是丑，是善是恶，很难说。

东坡《书摩诘蓝田烟雨图》评王摩诘：

> 味摩诘之诗，诗中有画；
> 观摩诘之画，画中有诗。

此二语不能骤然便肯，半肯半不肯。

“诗中有画”，而其诗绝非画可表现，仍是诗而非画；“画中有诗”，而其画绝非诗可能写，仍是画而非诗。摩诘诗：“日落江湖白，潮来天地青。”（《送邢桂州》）此摩诘了不起处，二句似画而绝非画可表现，日、潮能画，其“落”、其“来”如何画？画中诗亦然，仍是画而非诗。

>>> 苏东坡《书摩诘蓝田烟雨图》评王摩诘："味摩诘之诗，诗中有画；观摩诘之画，画中有诗。"此二语不能骤然便肯，半肯半不肯。"诗中有画"，而其诗绝非画可表现，仍是诗而非画；"画中有诗"，而其画绝非诗可能写，仍是画而非诗。图为清代王原祁《辋川图》(局部)。

右丞诗以五古最能表现其高，并非右丞善于五言古，盖五言古宜于表现右丞之境界；七言宜于老杜、放翁一派。

七

一诗人成功与天时、地利、人和有关。老杜生当天宝之乱，正足以成其诗；李白豪华，亦其天时、地利、人和。

太白诗飞扬中有沉着，飞而能镇纸，如《蜀道难》；老杜诗于沉着中能飞扬，如“天地为之久低昂”（《观公孙大娘弟子舞剑器行》）。

杜是排山倒海，李是驾凤乘鸾，是广大神通。

太白是龙，如其“问余何事栖碧山”（《山中问答》）、“李白乘舟将欲行”（《赠汪伦》）等绝句，虽日常生活，写来皆有仙气。

>>> 一诗人成功与天时、地利、人和有关。老杜生当天宝之乱，正足以成其诗；李白豪华，亦其天时、地利、人和。图为明代周臣《桃李夜宴图》。

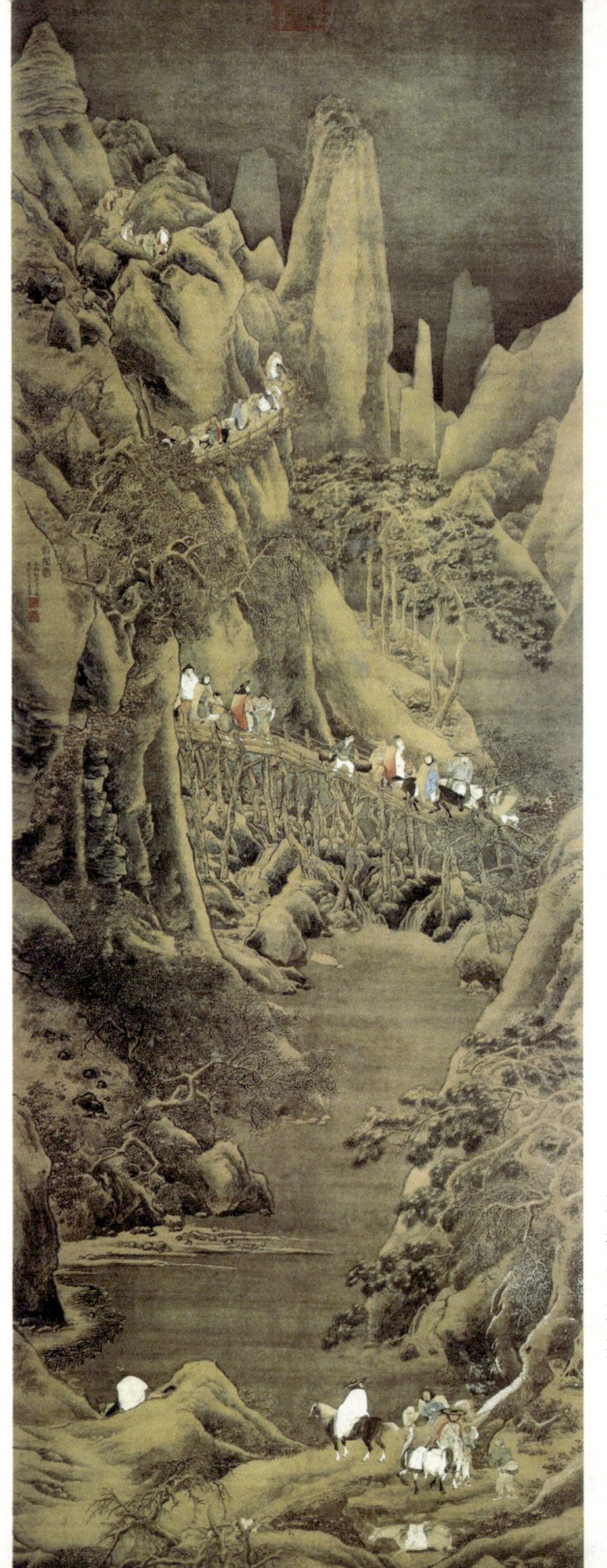

>>> 太白诗飞扬中有沉着，飞而能镇纸，如《蜀道难》。图为明代仇英《剑阁图》。

太白之“山花插宝髻，石竹绣罗衣”（《宫中行乐词八首》其一）使人联想到老杜之“野花留宝靥，蔓草见罗裙”（《琴台》）。老杜不用“插”、不用“绣”，用“留”、用“见”，用多么大力气；太白用“插”、用“绣”，便自然。然事有一利便有一弊，太白自然，有时不免油滑；老杜有力，有时失之拙笨。各有长短，短处便由长处来。

八

有天才的人即是富于创造力的人，没有创造力的人则继承传统、习惯（继承别人是传统，自己养成是习惯），或根本不曾想打破传统、习惯。

六朝末年及唐末，个人无特殊作风，只剩传统，没有创作了。

老杜在唐诗中是革命的。老杜与陶公固不能相提并论，但也有共同之点：从修辞上看，二人皆用许多新鲜字句，这是在外表上的革新。此外，关于内容一方面，别人不敢写的他们敢写。凡天地间事没有不能写进诗的，就怕你没有胆量。但只有胆量写得鲁莽灭裂也还不

>>> 纯抒情的诗初读时也许喜欢。如李、杜二人，差不多初读时喜李，待经历渐多则不喜李而喜杜。盖李肤浅，杜纵不伟大也还深厚。伟大不可以强而致，若一个人极力向深厚做，该是可以做到。图为五代周文矩《琉璃堂人物图》。

周文矩琉璃堂人物圖
神品上妙也

行。便如厨师做菜，本领好什么都能做。所以创作不仅要胆大，还要才大。胆大者未必才大，但才大者一定胆大，俗说“艺高人胆大”。

纯抒情的诗初读时也许喜欢。如李、杜二人，差不多初读时喜李，待经历渐多则不喜李而喜杜。盖李肤浅，杜纵不伟大也还深厚。伟大不可以强而致，若一个人极力向深厚做，该是可以做到。

中、西两大诗人比较，老杜虽不如莎士比亚（Shakespeare）[①]伟大，而其深厚不下于莎氏之伟大。其深厚由“生”而来，“生”即生命、生活，其实二者不可分。无生命何有生活？但无生活又何必要生命？

老杜真要强，酸甜苦辣，亲口尝遍；困苦艰难，一力承当。

老杜也曾挣扎、矛盾，而始终没得到调和，始终是一个不安定的灵魂。所以在老杜诗中所表现的挣扎、奋斗精神比陶公还要鲜明，但

① 莎士比亚（1564—1616）：英国剧作家、诗人，欧洲文艺复兴时期人文主义文学集大成者。一生创作甚丰，著有《哈姆雷特》《奥赛罗》《李尔王》《麦克白》《仲夏夜之梦》《第十二夜》《皆大欢喜》《亨利四世》《罗密欧与朱丽叶》等剧作，被马克思誉为“人类最伟大的戏剧天才”。

他的力量比陶并不充实，并不集中。

老杜在愁到过不去时开自己玩笑，在他的长篇古诗中总开自己个玩笑，一笑了之，无论多么可恨、可悲的事皆然。

常人在暴风雨中要躲，老杜尚然，而曹公则决不如此。渊明有时也“避雨”，不似曹公坚苦，然也不如杜之幽默。老杜其实并不倔，只是因别人太圆滑了，因此老杜成为“非常”。他感情真，感觉真，他也有他的痛苦，便是说了不能做。从他的诗中常看到他人格的分裂，不像渊明之统一。

平常诗是音乐的演奏，老杜诗只谓其有音乐美尚不足，是生命的颤动。

老杜打破了历来酝酿之传统，他表现的不是“韵”，而是“力”。

右丞诗不动感情，不动声色。老杜写诗绝不如此，乃立体描写，字中出棱，正如退之所云：“字向纸上皆轩昂。”（《卢郎中云夫寄示送盘谷子诗两章歌以和之》）

杜甫入蜀后佳作少，《发秦州》以前作品生的色彩、力的表现鲜

>>> 平常诗是音乐的演奏，老杜诗只谓其有音乐美尚不足，是生命的颤动。图为明代仇英《仕女图》。

明充足，后作渐不能及。

老杜天宝乱后辗转流离，而他还写了那么多的诗，那么好的诗。我们抗战胜利前后的作品多拖一条光明的尾巴，老杜天宝乱后之作没拖光明尾巴，但也不是消极，因为他有热、有力，绝不会引人走消极悲观之路。

杜甫有五律《得弟消息二首》：

> 近有平阴信，遥怜舍弟存。
> 侧身千里道，寄食一家村。
> 烽举新酣战，啼垂旧血痕。
> 不知临老日，招得几人魂。
>
> 汝懦归无计，吾衰往未期。
> 浪传乌鹊喜，深负鹡鸰诗。
> 生理何颜面，忧端且岁时。
> 两京三十口，虽在命如丝。

其一之首二句：“近有平阴信，遥怜舍弟存。”真有热、有力。普通读杜诗，对字法、句法多往艰深处求，固然。如“国破山河在，城春草木深”(《春望》),“春”字颇艰深。但老杜更高处是用平常的字,而字法、句法用得更好。如“遥怜舍弟存”,一个“怜”字,连欢喜、悲哀全有了。

“不知临老日,招得几人魂。”一点光明也没有了,而仍有热、有力。或曰:“招魂”不知兄招弟抑弟招兄?此言“几人”,是说我老了,年轻的已死在我前头,不用说我活不了多久,不能招得几人魂,就算招得,这感情我也受不了。

第二首之首二句:“汝懦归无计,吾衰往未期。”音节真好。而与王、孟之蕴藉不同,与屈、李之露才扬己也不同,真真切,黄金里也嚼出水来。“汝懦”“吾衰”,相见不得,真悲哀,而“劲”一点也没散。

老杜之七绝与当时一般人所作不同,人以为他不会作“绝”,错了。

> 二月已破三月来,渐老逢春能几回。
> 莫思身外无穷事,且尽生前有限杯。
>
> (《漫兴九首》其四)

古所谓“村”,即今北平所谓“土”。杜诗便令人有此感。闻一多[①]说一个诗人只要肯用心用力去写,现在也许别人不承认为诗,但

① 闻一多(1899—1946):原名闻家骅,字友三、友山,湖北蕲水人。现代学者、诗人,早期新月派代表作家,主张“新诗格律化”,提出诗歌“三美”:音乐美、绘画美、建筑美。

>>> 杜甫之七绝与当时一般人所作不同，人以为他不会作“绝”，错了。图为现代黄山寿《秋兴八首》（其二）诗意图。

将来后人一定尊为好诗。所以写得不像诗也不要紧。老杜在当时就如此。

“二月已破三月来”，“破”字太生，而“来”字又太熟。“破”在此是“完了”之意，而不说“完”“尽”“过”。“破”字不是“生”便是“土”，但老杜便如此用。首句之平仄为|||—|—。别人作近体诗，岂敢如此用？后两句平仄虽对，但与前两句拗。

杜诗“莫思身外无穷事，且尽生前有限杯”二句，普通看这太平常了，我看这太不平常了。现在一般人便是想得太多，所以反而什么都做不出来了。“莫思”句是说人必有所不为，“且尽”句是说而后可以有为。老杜这两句有力。但如太白“烹羊宰牛且为乐，会须一饮三百杯”（《将进酒》），便只是直着脖子嚷。

老杜诗有时写得很逼真，但不明白是什么意思。如“圆荷浮小叶”（《为农》），应该说“小荷浮圆叶”。

老杜的诗有时没讲儿，他就堆上这些字来让你自己生一个感觉。如“三分割据纡筹策，万古云霄一羽毛”（《咏怀古迹》第五首），上句字就不好看，念也不好听，而老杜对得好：“万古云霄一羽毛。”这句没讲儿，而真是好诗。文学上有时能以部分代表全体，“一羽毛”便代表鸟之全体。老杜只是将此七字一堆，使你自己得一印象，不是让你找讲儿。

老杜律诗继承初唐，有一定格律，然而老杜不安于此传统、习惯。一个天才是最富创造力者，最不因循。因循是麻醉剂。

老杜入蜀后作拗律甚多，其颠倒平仄，非不懂格律，乃能写而偏不写。其不合平仄正是深于平仄。

才大之人易为拗律。如此则太白之拗律应多于老杜，其实不然。盖太白乃无意之拗，老杜则有意拗矣。李为不知，杜为故犯。李是才情，性之所至；杜是出力，故意为此。

老杜之《白帝城最高楼》在其拗律中为最拗之一首。太白拗律可与人以清楚印象，如“芳洲之树何青青”（《鹦鹉洲》），老杜无一句如此。

老杜《昼梦》一诗首句“二月饶睡昏昏然”，“昏昏然”三字亦为平、平、平，但却不如“白云千载空悠悠”（崔颢《黄鹤楼》）之“空悠悠”形意飞动，又不如“芳洲之树何青青”之“何青青”颜色鲜明，直是漆黑一团。崔颢[①]之“白云”句、李白之“芳洲”句是偶然的，老杜是成心。《黄鹤楼》如云烟，太白如水，老杜则如石。老杜拗律与崔、李之《黄鹤楼》《鹦鹉洲》不同。他们对仗有时不工，老杜虽平仄拗，但对仗甚工。

① 崔颢（704？—754）：汴州（今河南开封）人。唐代开元年间登进士第，其诗作《黄鹤楼》豪爽俊利，寄情高远，颇令李白折服。

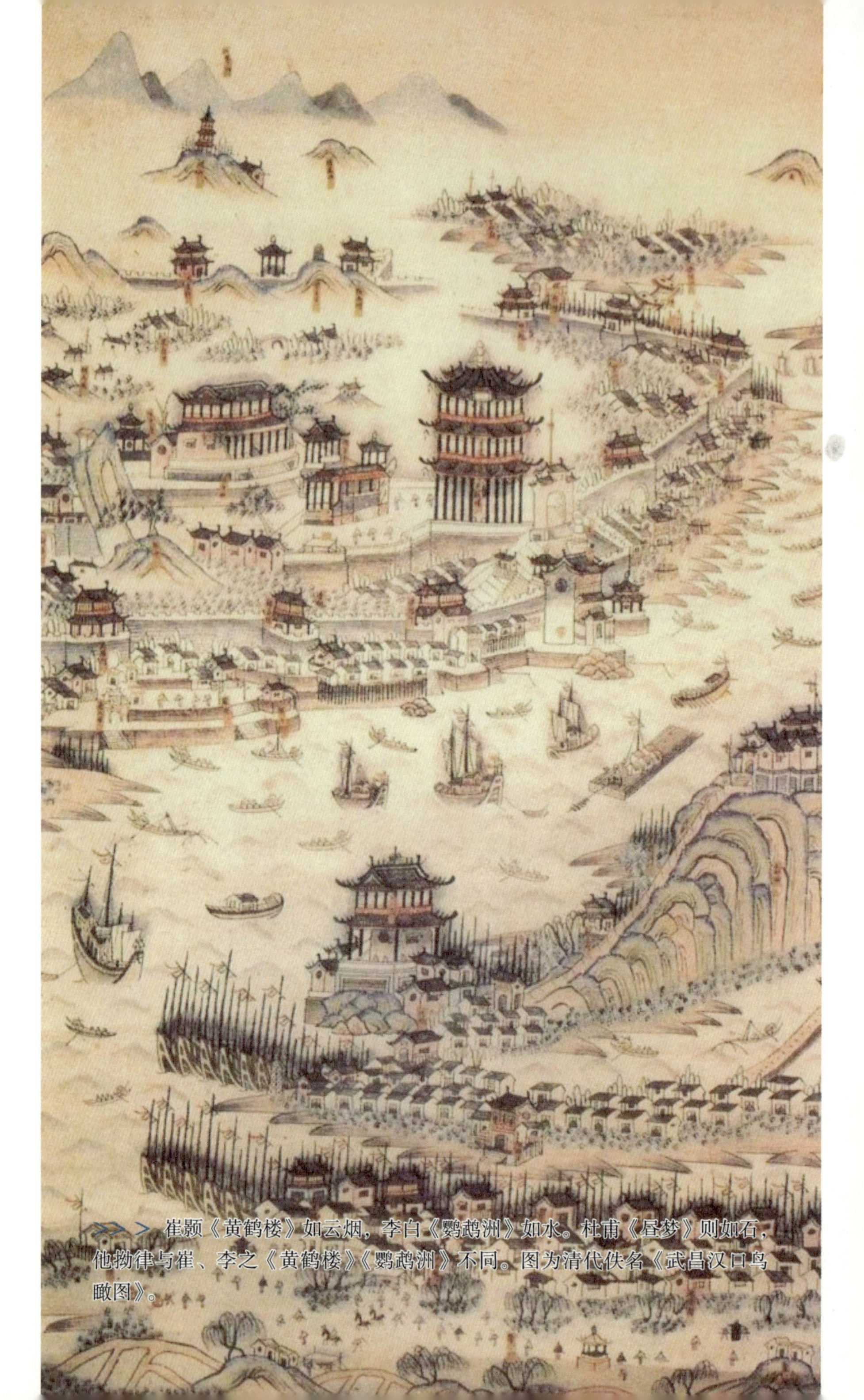

>>> 崔颢《黄鹤楼》如云烟，李白《鹦鹉洲》如水。杜甫《昼梦》则如石，他拗律与崔、李之《黄鹤楼》《鹦鹉洲》不同。图为清代佚名《武昌汉口鸟瞰图》。

老杜诗有“丑扮”[①]。

中晚唐诗只会“俊扮”，不会“丑扮”。李义山诗：“黄叶仍风雨，青楼自管弦。”（《风雨》）原是很凄凉的事，而写得真美，圆润，是俊扮。而老杜的“丑扮”便是“俊扮”，丑便是美。如杨小楼唱金钱豹[②]，勾上脸，满脸兽的表情，可怕而美。

老杜表现的是力，晚唐诗表现的是美。

九

看韩愈诗应注意其修辞：一下字——下字准确，二结构——组织分明。

韩之修辞最好，如“山石荦确行径微”，若易“荦确”为“嶙峋”即不可，“嶙峋”漂亮虽漂亮，若用“嶙峋”则不成其为韩退之。且“荦确”二字对韩最合适，韩是阳刚，是壮美；若用“嶙

① 丑扮：盖为顾随先生仿“俊扮”而自造之新词。俊扮，戏曲术语，指戏曲的美化化妆，特点是略施彩墨以达到美化效果，一般用于生、旦角色所扮演的各种人物，着力表现人物面貌之端正、俊秀。

② 金钱豹：杨小楼代表剧目《金钱豹》之主角。《金钱豹》又名《红梅山》，叙红梅山妖金钱豹欲强娶邓洪之女，唐僧师徒寻宿知情，剪除恶豹。

峋”，是阴柔，是优美，二词虽相似而实不同。“山石荦确行径微”之“荦确”，“芭蕉叶大栀子肥”之“大”“肥”，即法国小说家福楼拜（Flaubert）[①] 所谓合适的形容词。

韩之短篇结构不佳，应看其长篇之组织。如《山石》从庙外写至庙中再至庙外，从黄昏写至夜至朝，有层次，下字所以成句，结构所以成篇。《山石》前半黄昏写眼前景物，以黑夜不能远见；后半天明后始写远景。末四句不佳。

韩愈修辞技术好，故其诗未容忽视。尤其在学诗阶段中，可锻炼吾人学诗技巧。

韩、柳[②] 无论诗文皆可抗衡。韩以奇伟胜，而精微处不及柳，韩之修养不够。柳也躁，但他倒霉，躁不起来了。

王、孟、韦、柳四人中，柳有生的色彩，其他三人此种色彩皆缺少。唐诗人中，老杜、商隐皆生活色彩甚浓厚。

柳子厚《南涧中题》：

---

① 福楼拜（1821—1880）：法国 19 世纪中叶批判现实主义作家，代表作品有《包法利夫人》《情感教育》《圣安东尼的诱惑》等。

② 韩、柳：即韩愈、柳宗元。

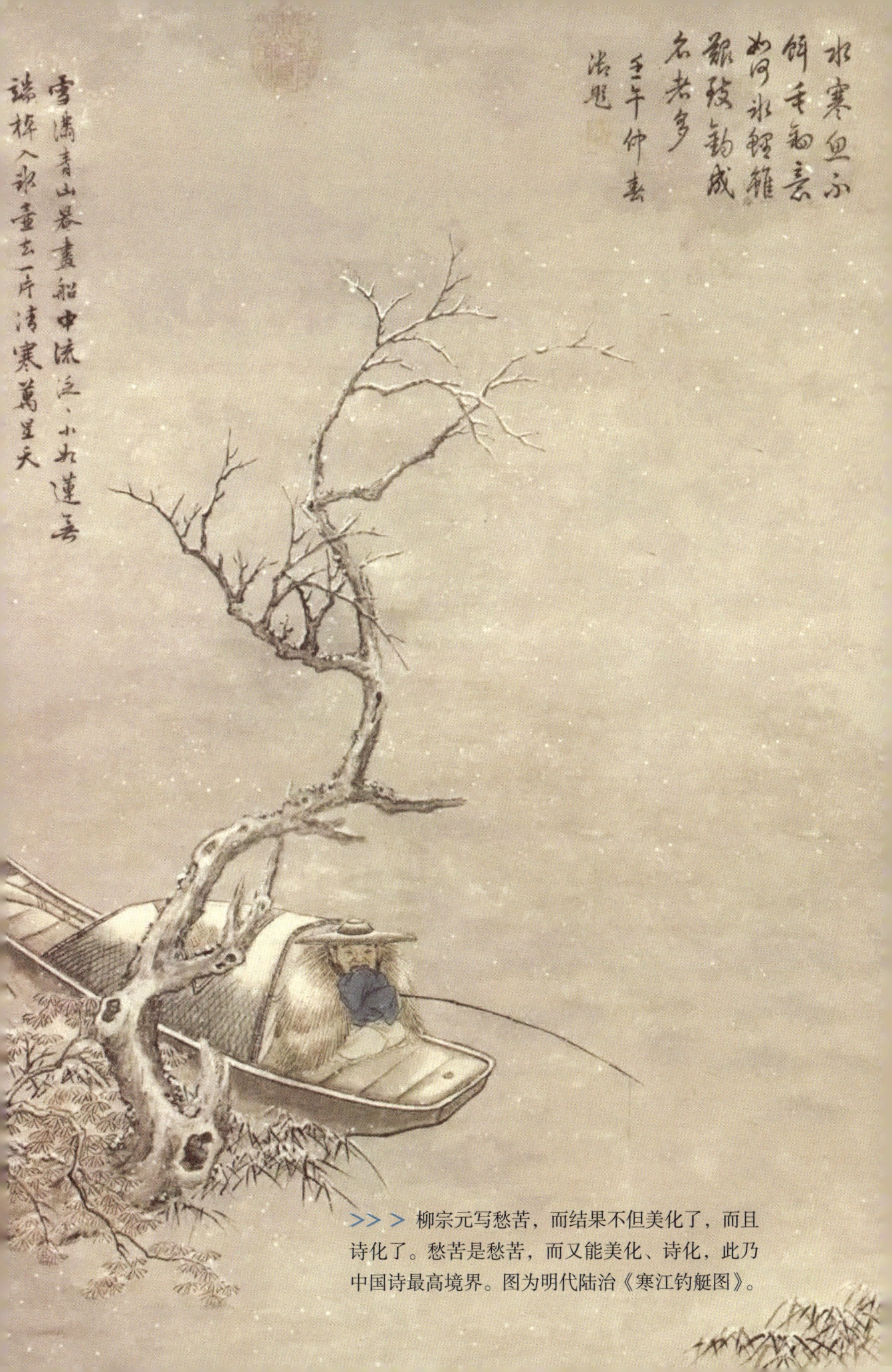

>>> 柳宗元写愁苦，而结果不但美化了，而且诗化了。愁苦是愁苦，而又能美化、诗化，此乃中国诗最高境界。图为明代陆治《寒江钓艇图》。

秋气集南涧，独游亭午时。

回风一萧瑟，林影久参差。

柳子厚写愁苦，而结果不但美化了，而且诗化了。愁苦是愁苦，而又能美化、诗化，此乃中国诗最高境界，即王渔洋所谓“神韵”。如此，高则高矣，而生的色彩便不浓厚了，力的表现便不充分了，优美则有余，壮美则不足。壮美必有“生”与“力”始能表现。

十

人无不受外界感动，而表现有优劣。技术之薄尚乃浅而言之，深求之则有“诗眼”问题。

离离原上草，一岁一枯荣。

野火烧不尽，春风吹又生。

远芳侵古道，晴翠接荒城。

又送王孙去，萋萋满别情。

此首《赋得古原草送别》可为白氏代表作。

草随地随时皆有，而经白氏一写，成此不朽之作。用诗眼看去，此四十字每句是草，然是诗眼中之草，不是肉眼中之草，与打马草所见自不同。彼为世谛，此为诗谛。以世谛讲，打马草喂马，是，而非诗。白氏以诗眼看，故合诗谛，才是真草，把草的灵魂都掘出来了。

“离离原上草”，“离离”好，若一般人写，或写“高高原上草”。“一岁一枯荣”句是白乐天拿手，“野火”二句是唐人拿手。作五言诗必有此手段，二句说尽人世间一切，先不用说盛衰兴亡，即人之一心，亦前念方灭，后念方生，真是心海，前波未平，后波又起，波峰波谷。白氏用诗眼看，故写出一切的一切。“野火”二句写草之精神；“远芳”二句写草之气象。后二句用楚辞“王孙游兮不归，春草生兮萋萋”(《招隐士》)，稍弱，然尚好，不单说草，有人。

白乐天之《赋得古原草送别》有诗心，借外缘起。心如何“因”借“缘”生，“缘”助“因”成？因与缘不是对立，不是有此无彼。心物皆有而打成一片，即相助相成。

十一

长吉幻想极丰富，可惜二十七岁即卒。其幻想不能与屈原比，盖乃空中楼阁，内中空洞。

>> >《赋得古原草送别》可为白居易的代表作。草随地随时皆有，而经白氏一写，成此不朽之作。图为明代谢环《香山九老图》。

长吉诗除幻想外尚有特点，即修辞功夫——晦涩。晦，不易解；涩，不好念。诗本应念着可口，听着适耳、和谐，表现明了。但长吉诗可读，虽不可为饭，亦可为菜；虽不可常吃，亦可偶尔一用。晦，可医浅薄；涩，可医油滑。

李长吉之幻想颇有与西洋唯美派相通处，有感官的交错感。看见好的东西想吞下去，即视味觉之错感。唯美派常自声音中看出形象，颜色中听出声音。

读长吉诗，一字一句不可空过。

李长吉的“觉”有点迟钝，怪而晦涩，只是幻想。

长吉当然是天才，可惜没有“物外之言”。

>>> 李贺之幻想颇有与西洋唯美派相通处，有感官的交错感。看见好的东西想吞下去，即视味觉之错感。唯美派常自声音中看出形象，颜色中听出声音。图为清代改琦（款）《箜篌图》。

十二

晚唐杜牧之虽不能谓为大诗人，但确为一诗人。

选诗者普通多重小杜之《遣怀》：“落魄江南载酒行，楚腰纤细掌中轻。十年一觉扬州梦，留得青楼薄幸名。”实则不好，过于豪华，变成轻薄。“商女不知亡国恨，隔江犹唱后庭花”（《泊秦淮》），他人谓为沉痛，余仍谓为轻薄。

小杜诗一为人生之作，二为婉妙之作，三为热中之作。其所有诗皆可归入此三种，若不能归入者，便不是好诗。

小杜《登乐游原》：“长空澹澹孤鸟没，万古销沉向此中。看取汉家何事业，五陵无树起秋风。”登乐游原乃玩乐事，忽感到人生、人类共有之悲哀，故其系为全人类说话。

小杜《汴河阻冻》：“千里长河初冻时，玉珂环佩响参差。浮生

>>> 晚唐杜牧虽不能谓为大诗人，但确为一诗人。图为清代邹一桂《杜牧诗意图》。

恰似冰底水，日夜东流人不知。”此诗有分量，沉重。

杜牧此等诗，人多不选。

小杜写景、写大自然之七绝特佳。此与其个人之私生活有关，非纯粹写大自然。

小杜情较义山浅薄，而写自然比义山好。如《江南春》之“南朝四百八十寺，多少楼台烟雨中”，朦胧中有调和。

李义山盖极富于感情，不写情仅写大自然者甚少。如“虹收青嶂雨，鸟没夕阳天”（《河清与赵氏昆季宴集得拟杜工部》），真写得美。

牧之《齐安郡中偶题二首》虽非绝佳亦好诗。“两竿落日溪桥上，半缕轻烟柳影中。多少绿荷相倚恨，一时回首背西风。”诗之神情妙。“自滴阶前大梧叶”，粗枝大叶，别具风流。

杜牧诗其好处是完成美，得到和谐，无论形式、音节及内外表现皆和谐。此点或妨害其成为伟大诗人，而不害其成为真诗人。

余以为：小李杜以全才论，义山胜过牧之。义山各体皆有好诗，牧之则宜七言不宜五言，宜近体而不宜古体，而律诗又好过绝句。

十三

唐朝两大唯美派诗人：李商隐、韩偓。

晚唐义山、冬郎实不能说高深、伟大，而假如说晚唐还有两个大诗人，还得推李、韩。

李义山《登乐游原》“夕阳无限好，只是近黄昏”，如同说吃饱了不饿，但实在是好，我们一读便感到太阳圆圆的，慢慢地落下去了，真好。又如韩偓“手香江橘嫩，齿软越梅酸”（《幽窗》），一念便好，盖不仅说“香”是香，便连“江”字、“橘”字亦刺激嗅觉，甚至“手”字亦为鼻音。“齿软越梅酸”，不得了，牙倒了，盖多为齿音，刺激牙。此非好诗而好，便是因诗感好。

君问归期未有期，巴山夜雨涨秋池。
何当共剪西窗烛，却话巴山夜雨时。

（李商隐《夜雨寄北》）

这首诗技术非常成熟，情调非常调和，可代表义山。

>>> 晚唐李商隐、韩偓实不能说高深、伟大，而假如说晚唐还有两个大诗人，还得推李、韩。图为当代任重《李义山踏雪行吟图》。

此诗如燕子迎风，方起方落，真好。

“君问归期”句后，若接“情怀惆怅泪如丝”便完了。义山接“巴山夜雨涨秋池”，好，自己欣赏、玩味自己。欣赏外物容易，欣赏自己难。义山此诗有热烈感情而不任感情泛滥。写诗无感情不成，感情泛滥也不成，所以诗人当能支配自己感情，支配便是欣赏。在“君问归期”我说“未有归期”时，正是“巴山夜雨涨秋池”，说“涨”非肉眼所见，是心眼所见。

后两句绕弯子欣赏，把感情全压下去了。太诗味了，不好。感情热烈还有工夫绕弯子？冲动不够，花样好，欣赏多。

唐人诗在技术上，义山最成熟、最成功，取各家之长，绝不只学杜。如《韩碑》学韩退之，然其中尚有个性，虽硬亦与韩不同。

韩偓《香奁集》颇有轻薄作品，不必学之。李义山为其世伯，义山有诗亦轻薄，韩诗盖受义山影响。

或曰：韩氏诗有含蓄，含而不露。其轻薄不必提，即含蓄亦不必取韩。

然其《别绪》中有四句真好：

> 菊露凄罗幕，梨霜恻锦衾。
>
> 此生终独宿，到死誓相寻。

>>> 韩偓《别绪》中有四句真好：“菊露凄罗幕，梨霜恻锦衾。此生终独宿，到死誓相寻。”韩偓此诗所写是对将来爱的追求。图为清代任熊《万横香雪》。

韩偓此诗所写是对将来爱的追求。

一篇好的作品当从多方面去欣赏。“菊露凄罗幕”，五字多美；“梨霜恻锦衾”，太冷，是凄凉，本使人受不了，但这种凄凉是诗化了的、美化了的，不但能忍受且能欣赏。说凄凉，其实是痛苦，但这痛苦能忍受。天下最痛苦的是没有希望而努力，为将来而努力是很有兴味的一件事。此四句不仅对未来有一种希冀，而且是一种追求——“相寻”。“此生终独宿”，“独宿”二入声，浊得很；“到死誓相寻”，除了“到”字，四个齿音字，真有力，如同咬牙说出。

我们今天这样讲绝不错，但韩氏当年或并未如此想，只是诚于中而形于外。

韩偓的《香奁集》并不能一概说是轻薄，后来学他的人学坏了。他的诗“此生终独宿，到死誓相寻”写得真严肃。做事业、做学问，应有此精神，失败了也认了。

韩偓诗句“临轩一盏悲春酒”（《惜花》），如何是玩物丧志？接下去一句——“明日池塘是绿阴”，大方，沉重。

十四

江西诗派之“一祖”为杜甫，“三宗”为黄庭坚、陈师道后山、陈与义简斋。

诗中之学力是震慑人、唬人。诗以学力见长者，可以黄山谷为代表。

学力表现有两种：

其一，不用典故。如黄山谷《弈棋二首呈任公渐》：

> 心似蛛丝游碧落，身如蜩甲化枯枝。
>
> （其二）

其二，用典。如黄山谷《登快阁》：

> 痴儿了却公家事，快阁东西倚晚晴。
>
> 落木千山天远大，澄江一道月分明。

朱弦已为佳人绝，青眼聊因美酒横。

万里归舟弄长笛，此心吾与白鸥盟。

诗当经过感情渗透，然后思想不干枯。黄诗未经感情渗透，故干枯。后人学山谷诗，震于其学力。

十五

词之“一祖”乃李后主[1]，词之“三宗”乃冯正中[2]、晏同叔、欧阳修。

冯正中，沉着，有担荷的精神。中国人缺少此种精神，而多是逃避、躲避，如“因过竹院逢僧话，又得浮生半日闲”（李涉《题鹤林寺僧舍》）。宁愿同学不懂诗，不作诗，不要懂这样诗，作这样诗。人生没有闲，闲是临阵脱逃。冯正中“和泪试严妆”（《菩萨蛮》），虽

① 李后主：即李煜。李煜（937—978），字重光，号钟隐，彭城（今江苏徐州）人。南唐中主李璟第六子，世称“后主”。精书画，通音律，尤以词成就为高，被誉为“词中之帝”。

② 冯正中（903—960）：冯延巳，字正中，广陵（今江苏扬州）人。南唐宰相，工于词，有《阳春词》。

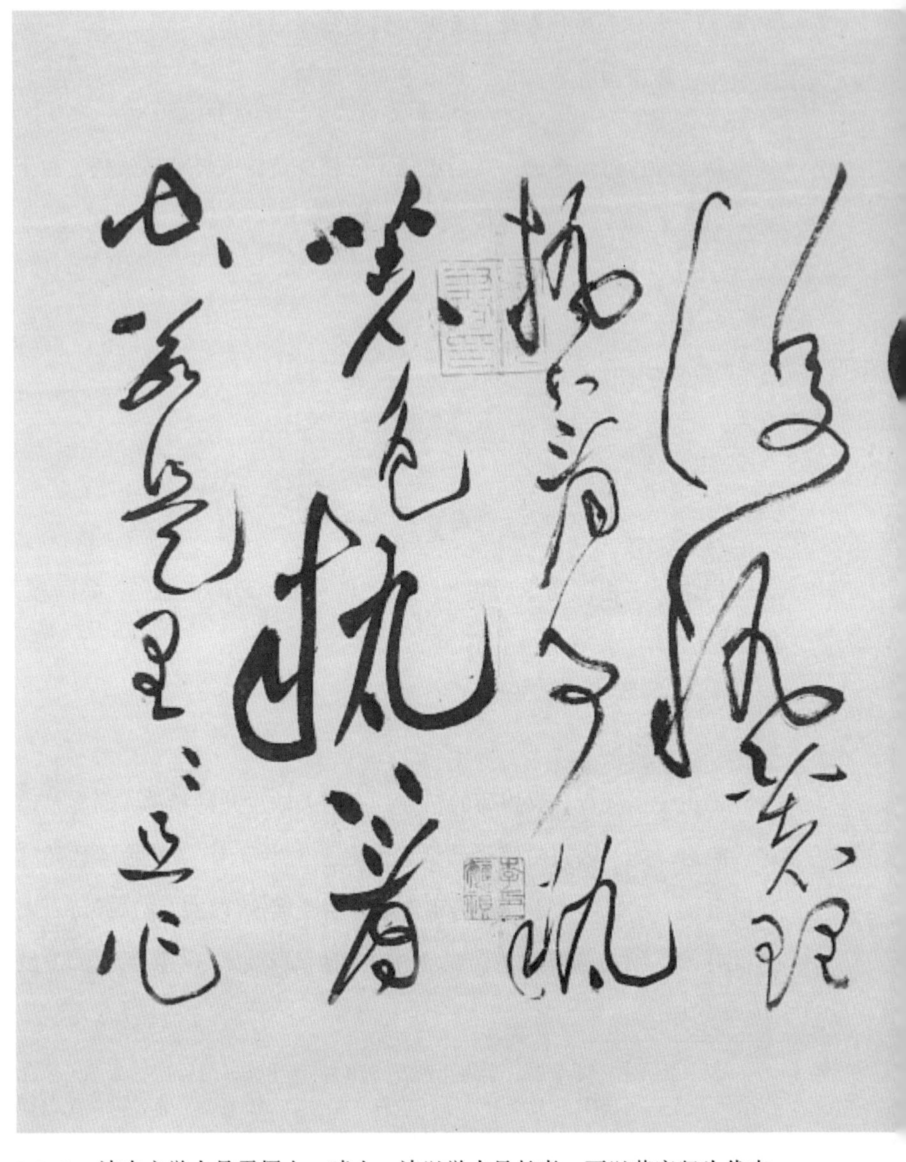

>>> 诗中之学力是震慑人、唬人。诗以学力见长者，可以黄庭坚为代表。图为黄庭坚《请上座帖》。

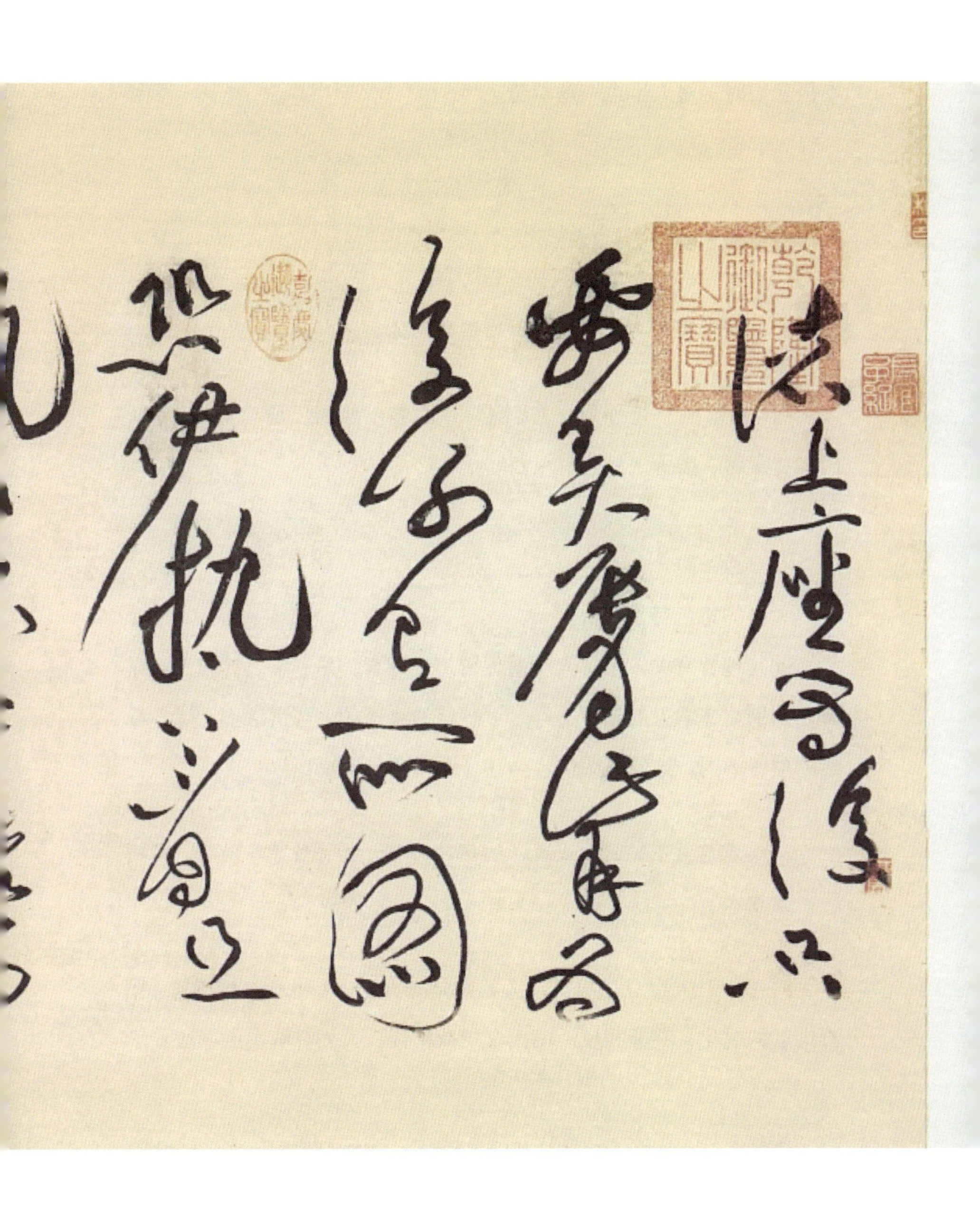

在极悲哀时，对人生也一丝不苟。

胡适之[①]评大晏：

> 闲雅富丽之中带着一种凄惋的意味。(《词选》)

“闲雅富丽”是外形，“凄惋”是内容。然胡氏所言只对一半，闲雅、富丽、凄惋之外还有东西。

大晏的特色乃是明快。

此与理智有关。平常人所谓理智不是理智，是利害之计较，或是非之判别。文学上的理智是经过了感情的渗透的，与世法上干燥、冷酷的理智不同，这便是明快。如其《少年游》下片：

> 霜前月下，斜红淡蕊，明媚欲回春。莫将琼萼等闲分。留赠意中人。

冯正中对人生只是担荷，大晏则是有办法。《珠玉词》乃是《阳春词》的蜕化，并非相反。冯氏有担荷精神，大晏有解决的办法。

---

① 胡适之（1891—1962）：胡适，字适之，安徽绩溪人。新文化运动代表人物，提出“白话文学论”与“历史的文学观念论”，著有《胡适文存》《白话文学史》《中国哲学史大纲》以及白话诗集《尝试集》等。

>>> 文学上的理智是经过了感情的渗透的，与世法上干燥、冷酷的理智不同，这便是明快，如冯晏殊的《少年游》。图为现代冯超然《少年游》词意画。

大晏写“莫将琼萼等闲分。留赠意中人”不是偶然的，是意识了的。它如：

满目山河空念远，落花风雨更伤春。不如怜取眼前人。(《浣溪沙》)

不如怜取眼前人，免使劳魂兼役梦。(《木兰花》)

不如归傍纱窗，有人重画双蛾。(《相思儿令》)

闲役梦魂孤烛暗，恨无消息画帘垂。且留双泪说相思。(《浣溪沙》)

人生最留恋者过去，最希冀者将来，最悠忽者现在。

“满目山河空念远，落花风雨更伤春”是希冀将来，留恋过去，而“不如怜取眼前人”是努力现在。这样作品不但使你活着有劲，且使你活着高兴。你不要留恋过去，虽然过去确可留恋；你不要希冀将来，虽然将来确可希冀。我们要努力现在。

大晏说“不如怜取眼前人”，“不如归傍纱窗，有人重画双蛾”，假如“眼前”无人可“怜”，“窗下”也无人“画双蛾”，则“且留双泪说相思”，或如义山“可能留命待桑田”(《海上》)。只论“留”字，李义山之“留”字与大晏二“留”字同，而义山用“可能”二字，是怀疑的；不如大晏，大晏是肯定的，不论成功、失败，都如此。

大晏词感情外有思力。“满目山河空念远，落花风雨更伤春。不如怜取眼前人”（《浣溪沙》），三句可为大晏之代表，理智明快，感情是节制的，词句是美丽的。

大晏词“昨夜西风凋碧树。独上高楼，望尽天涯路”（《蝶恋花》），此可代表中国文学之最高境界。

文学中最高境界往往是无意。《庄子 · 逍遥游》所谓“无用之为用大矣”，无意之为意深矣，愈玩味，愈无穷；愈咀嚼，味愈出。有意则意有尽，其味随意而尽。要意有尽而味无尽。大晏便是如此。

《诗 · 秦风 · 蒹葭》所表现的追寻是平面的，而晏同叔之“昨夜西风凋碧树”则更多一手——上下，真是悲壮、有力。张炎之“折得一枝杨柳，归来插向谁家”（《朝中措》），未尝不表现人生，非纯写景，而所表现是多么没出息、多么软弱之人生；大晏所写是多么有力、上进、有光明前途的人生。

上所举大晏一类词是好的，有希望，有前途；而又最容易成为叫嚣。文学不是口号、标语。

作品思想好坏之相差，说远，远在天边；说近，其间不能容发。作者是不得不如此写，以为必如此写始合于其心，而在读者看来，此

>>> 晏殊词“昨夜西风凋碧树。独上高楼，望尽天涯路”，此可代表中国文学之最高境界。图为现代傅抱石《春词诗意》。

种技术真是蛊惑，叫我们向右不能向左，叫我们向左不能向右，简直是被缠住了。正如歌德（Goethe）《浮士德》一出，唤起德国之魂，千百年以前的作品，到现在还生气虎虎。

大晏词尽管有无意义、无人生色彩的，而照样好、照样蛊惑人的。如其《破阵子》“忆得去年今日”与“燕子来时新社”两首中，“长条插鬓垂”与“笑从双脸生”原是很平常，但写得好，说“长条”便“长条”，说“插”便“插”，说“垂”便“垂”，此便是蛊惑。自大晏一传而为欧阳，再传而为稼轩。

大晏之明快词如《浣溪沙》（淡淡梳妆）、《相思儿令》（春色渐芳）、《少年游》（重阳过后）、《玉楼春》（帘旌浪卷）。情、思，原是相反的，而在大晏词中，情、思如水乳交融。

大晏之蕴藉词如《清平乐》（金风细细）。此类颇似晚唐诗者，在其集中尚有。词比诗含蓄性差，词中此类作品少。词比诗显露，不含蓄，而其好亦在此。如“折得一枝杨柳，归来插向谁家”，我们尽管轻它无意义，平常的伤感，而忘不了，有魔力。

《珠玉词》之蕴藉作品可以说是前无古人，后无来者。至于词是否当如此写，乃另一问题。（五言古最当蕴藉，故唐宋不及六朝，唐

>>> 晏殊词尽管有无意义、无人生色彩的，而照样好、照样蛊惑人的。如其《破阵子》“忆得去年今日”与“燕子来时新社”两首中，“长条插鬓垂”与“笑从双脸生”原是很平常，但写得好。图为清代董诰《春社延宾》。

人尚可，宋人就不成。）

大晏之伤感词如《浣溪沙》（一向年光）、《采桑子》（阳和二月）、《采桑子》（时光只解）、《凤衔杯》（青苹昨夜）、《破阵子》（忆得去年）、《破阵子》（湖上西风）、《山亭柳》（家住西秦）。

抒情诗人多带伤感气氛。抒情诗人之有伤感色彩是先天的、传统的，可原谅，唯不要以此为其长处。而平常人最喜欣赏其伤感，认短为长，把绿砖当真金。

别人写秋天是衰飒的，大晏是明丽的，虽然也有伤感作品，但只是一部分。

冯正中、大晏、欧阳修三人共同的短处是伤感。无论其沉着、明快、热烈，皆不免伤感。此盖中国抒情诗人传统弱点。伤感不要紧，只要伤感外还有其他长处；若只是伤感，便要不得。

十六

宋代之文、诗、词，皆奠自六一。文，改骈为散；诗，清新；词，开苏、辛。

欧文学之不朽，在词，不在诗、文。

晏欧清丽复清狂。[①]

晏，清丽；欧，清狂。

恶意的“狂”乃狂妄、疯狂，好意的“狂”乃是进取，狂者是向前的、向上的。“苏辛词中之狂，白石[②]犹不失为狷”（王国维《人间词话》），六一实开苏、辛先河。

中国诗偏于含蓄蕴藉，西洋诗偏于沉着痛快。词自五代至于北宋，多是含蓄。二主（南唐二主李璟[③]、李煜）沉着而不痛快，此盖

① 此句见于《〈荒原词〉既定稿手写六绝句附卷尾》其三（1931），见《顾随全集》卷一，河北教育出版社 2014 年，第 89 页。

② 白石：即姜夔。姜夔（1155？—1209），字尧章，号白石道人，饶州鄱阳（今江西波阳）人。南宋词人，精通音律，擅自度曲，有《白石道人歌曲》。

③ 李璟（916—961）：字伯玉，彭城（今江苏徐州）人。五代十国时期南唐第二位君主，世称“中主”。

>>> 中国诗偏于含蓄蕴藉，西洋诗偏于沉着痛快。词自五代至于北宋，多是含蓄。二主（南唐二主李璟、李煜）沉着而不痛快，此盖与时代有关。图为五代周文矩《重屏图》。

与时代有关。（南宋稼轩例外。）六一以沉着天性，遇快乐环境，助其意兴，“狂”得上来。

或以为苏、辛豪放，六一婉约，非也。词原不可分豪放、婉约，即使可分，六一也绝非婉约一派。

大晏与欧比较，与其说欧近于五代，不如说大晏更近于五代，欧则奠定宋词之基础。

胡适以为欧阳修词承五代作风。[①] 不然。

冯延巳、大晏、六一，三人作风极相似，而又个性极强，绝不相同。如大晏多蕴藉，冯便绝无此种词。唯三人伤感词相近，其实其伤感亦各不同：

冯之伤感，沉着。（伤感易轻浮。）

大晏之伤感，是凄绝，如秋天红叶。

六一之伤感，是热烈。（伤感原是凄凉，而欧是热烈。）

故胡适以为欧词承五代，非也。

---

① 胡适《词选》：“欧阳修的词直接五代，仍是《花间》一派，故他的词往往与冯延巳的词相混，至今我们不能确定究竟那些是欧词，还是冯词。”

六一，“继往开来”。此四字是整个功夫。一种文学到了只能“继往”，不能“开来”，便到了衰老时期了。六一词若但是沉着，但是明快，则只是“继往”，何得为“三宗”之一？

写得少也罢，小也罢，主要是古人所没有的才行。

六一词不欲以沉着名之，不欲以明快名之，名之曰热烈，有前进的勇气。

大晏是正中的蜕化，六一是冯、晏二人之进步。没有苦闷，就没有蜕化和进步，“不愤不启，不悱不发”（《论语·述而》）。大晏只是如蝉之蜕出，六一则如蝉之上到高枝大叫一气。

如其《采桑子》下片：“游人日暮相将去，醒醉喧哗。路转堤斜。直到城头总是花。”这即是大叫。

再如《浣溪沙》上片：“堤上游人逐画船。拍堤春水四垂天。绿杨楼外出秋千。”第一句步步行之，第二句平着发展，第三句向高处发展。（打气要足，而又不致“放炮”——打气太多车胎爆裂。）

六一词如夏天的蝉，秋蝉是凄凉的，夏蝉是热烈的。

“人生自是有情痴，此恨不关风与月。…… 直须看尽洛城花，始共春风容易别。”（《玉楼春》）这是纯粹抒情，而都是用过一番思想的。

“恨”是由于“情痴”，与“风月”无关，即使无风月也一样恨。

>> > “人生自是有情痴，此恨不关风与月。…… 直须看尽洛城花，始共春风容易别。”这是纯粹抒情，而都是用过一番思想的。图为宋代王诜《玉楼春思图》。

“春风”者，春天代表。春不长久也罢，须离别也罢，虽然短，总之还有。不是你（春天）来了吗？则虽是短短几十天，我还要在这几十天中拼命地享乐。此非纯粹乐观积极，而是在消极中有积极精神，悲观中有乐观态度。

人生不过百年，因此而不努力，是纯粹悲观。不用说人生短短几十年，即使还剩一天、一时、一分钟，只要我有一口气在，我就要活个样给你看看，决不投降，决不气馁。“洛城花”不但要看，而且要看尽，每园、每棵、每朵、每瓣。看完了，你不是走吗？走吧！

若说大晏词色彩好，则欧词是意兴好。

如其《采桑子》“春深雨过西湖好”与“清明上巳西湖好”二首。

“清明上巳西湖好”一首，前半阕蓄势：“清明上巳西湖好，满目繁华。争道谁家。绿柳朱轮走钿车。”后半阕尤佳：“游人日暮相将去，醒醉喧哗。路转堤斜。直到城头总是花。”（此所谓“西湖”，指安徽颍州西湖。）

“江碧鸟愈白，山青花欲燃”（杜甫《绝句二首》其二），语意皆工，句意两得。六一词“晴日催花暖欲燃”（《采桑子》），或曾受此影响，而意境绝不同。“江碧”二句是静的，六一词是动的，一如炉火，一如野烧。

>>> 若说晏殊词色彩好，则欧阳修词是意兴好。如其《采桑子》“春深雨过西湖好”与“清明上巳西湖好”二首。图为明代仇英《效外游春图》。

一本《六一词》不好则已，好就好在此热烈情调，不独伤感词为然。

六一词热烈而衰飒，衰飒该是秋天，而欧词是春天。大晏词是秋天，欧词是春、夏，所惜以春而论则是暮春。

写热烈文字要有冷静头脑。无论色彩浓淡、事情先后、音节高下，皆有关。

六一词调子由低至高，只稼轩一人似之。六一词能得其衣钵者，仅稼轩一人耳。

六一亦有其寂寞的、静的词，不过静中仍是动。

如《采桑子》之“画船载酒西湖好”“群芳过后西湖好”与“何人解赏西湖好”几首：

> 画船载酒西湖好，急管繁弦。玉盏催传。稳泛平波任醉眠。
> 行云却在行舟下，空水澄鲜。俯仰留连。疑是湖中别有天。

> 群芳过后西湖好，狼藉残红。飞絮濛濛。垂柳阑干尽日风。
> 笙歌散尽游人去，始觉春空。垂下帘栊。双燕归来细雨中。

> 何人解赏西湖好，佳景无时。飞盖相追。贪向花间醉玉卮。
> 谁知闲凭阑干处，芳草斜晖。水远烟微。一点沧洲白鹭飞。

欧阳修亦有其寂寞的、静的词，不过静中仍是动，如《采桑子》之“画船载酒西湖好”“群芳过后西湖好”与“何人解赏西湖好”几首。图为宋代夏圭《西湖柳艇图》。

>>> 抒情诗人多带伤感气氛。欧阳修词之热烈，亦是比较言之，其中亦有衰飒伤感作品。其《浣溪沙》（堤上游人）之后半阕是伤感的。图为清代董邦达《苏堤春晓图》。

六一写动固然为他人所无，其写静亦与他人不同。欲解此“垂柳阑干尽日风”，须想：“柳”是何生物？“阑干”是何地？“尽日风”是何情调？吹人？吹柳？人柳皆吹？人柳合一？“尽日风”，愈静愈动。韦庄之“绿槐阴里黄莺语”（《应天长》），愈动愈静。

抒情诗人多带伤感气氛。六一词之热烈，亦是比较言之，其中亦有衰飒伤感作品。

其《浣溪沙》（堤上游人）之后半阕是伤感的：

> 白发戴花君莫笑，六幺催拍盏频传。人生何处似尊前。

“六幺”假作“绿腰”，以对“白发”。

三句一句比一句伤感。第一句伤感中仍有热烈；第二句也还成；至第三句，人生有许多路可走，许多事可做，何可说“人生何处似尊前”？

欧阳修《定风波》乃其伤感词之代表作。

前所举《浣溪沙》（堤上游人）伤感中仍有热烈在。别人是临死咽气，六一至少还是回光返照，虽距死已近，而究竟还“回”一下，“照”一下。《定风波》则纯是伤感。

《定风波》共六首，前面四首一起照例是“把酒花前欲问”，前四首还没什么，至五、六首突然一转，真了不得：

过尽韶华不可添。小楼红日下层檐。春睡觉来情绪恶。寂寞。杨花缭乱拂珠帘。（其五上片）

前两句一读，如暮年看见死神影子。没想到死的人活得最兴高采烈，人过得最没劲的是时时看见死神的来袭。六一作此词在中年后转进老年时。春天只剩今天一天，而今天又是“小楼红日下层檐”。此是写实，又是象征人之青年是“过尽韶华不可添”，渐至老年是“小楼红日下层檐”，一刻比一刻离黑暗近，一刻比一刻离灭亡近，这便是看见死神影子。“杨花缭乱拂珠帘”亦非写实，是写内心之乱。这才是“情绪恶”，是“寂寞”，而又不能说。最寂寞是许多话要说，找不到可谈的人；许多本事可表现，而不遇识者。

对酒追欢莫负春。春光归去可饶人。昨日红芳今绿树。已暮。残花飞絮两纷纷。（其六上片）

此虽是伤感词，然而瘦死骆驼比马还大，百足之虫，死而不僵，劲还有。

“世间好物不坚牢，彩云易散琉璃脆。”明人小说、戏曲常引用此二句，然其上句实非诗，没有诗情，只是说明。一切美文该是表现，不是说明。表现是使人觉，说明是使人知，而觉里也包括有知。觉，亲切，凡事非亲切不可。

第一句“世间好物不坚牢”，只是让人知；第二句“彩云易散琉璃脆”，是使人觉，唯嫌失之纤仄耳。

少游[①]写景之作如《满庭芳》“斜阳外，寒鸦万点，流水绕孤村”，虽不识字人，亦知其为好语言。少游此词凄冷、荒凉，可代表秋天凄冷的一面。欧阳修“一点沧洲白鹭飞”写得大，自在。

“欲见回肠，断尽薰炉小篆香”（秦少游《减字木兰花》），若只说柔肠寸断，则只是说明，不是表现，不成文学。

欧词之版本：

欧词选本以宋曾慥[②]《乐府雅词》所选最精且多。

《六一词》（汲古阁六十家词本），《近体乐府》（全集本，双照楼影印本，林大椿校本，商务排印本），《琴趣外编》（双照楼影刻本）。《琴趣外编》所收非皆欧作，中有极浅薄者。俗非由于不雅，乃由于不深。

---

① 少游：即秦观。秦观（1049—1100），字少游，号淮海居士，高邮（今江苏高邮）人。“苏门四学士”之一，北宋中后期词人，有《淮海居士长短句》。

② 曾慥：字端伯，号至游子，晋江（今福建泉州）人。宋代南渡时期道教学者、诗人，所编《乐府雅词》为中国现存最早一部宋人选编的宋词总集。

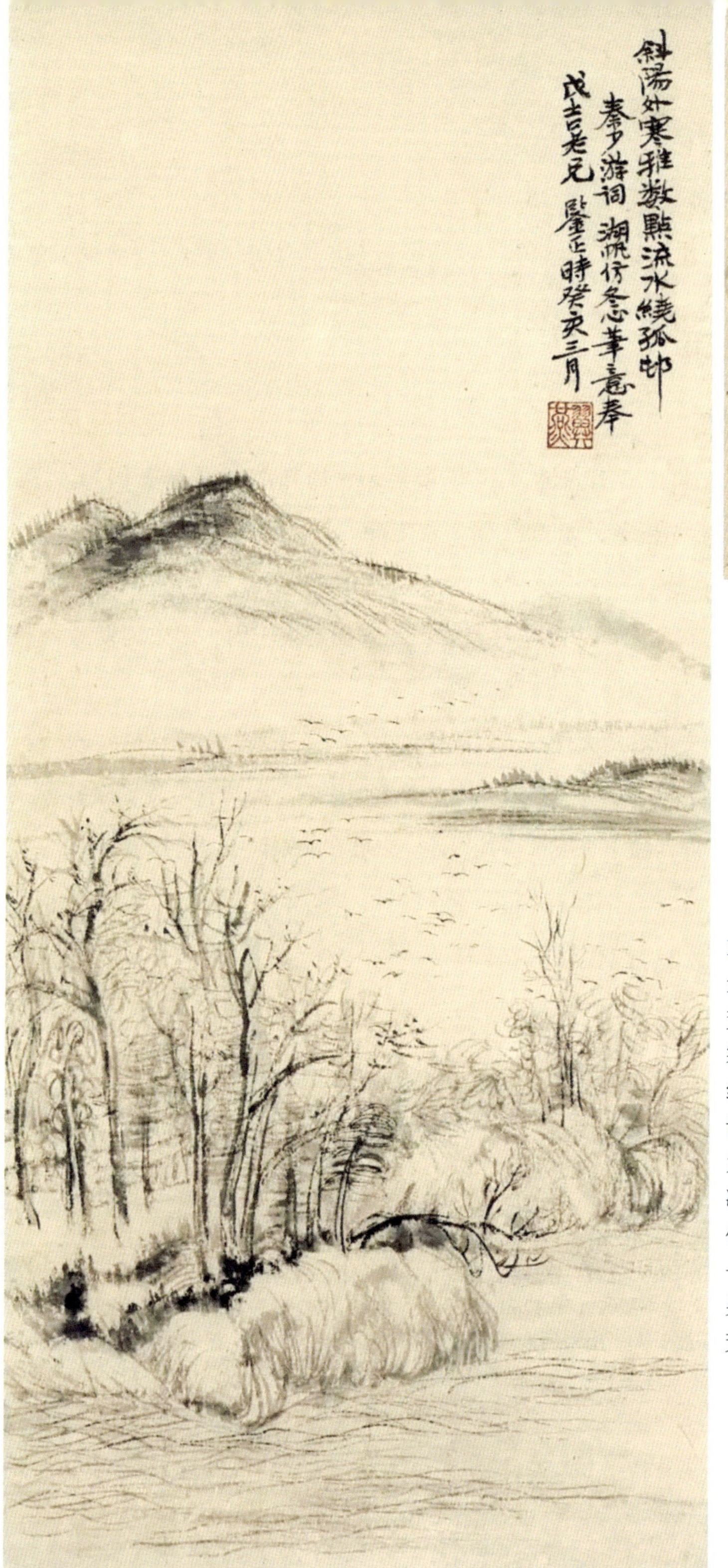

>>> 秦观写景之作如《满庭芳》“斜阳外，寒鸦万点，流水绕孤村”，虽不识字人，亦知其为好语言。此词凄冷、荒凉，可代表秋天凄冷的一面。图为现代吴湖帆《满庭芳》词意画。

十七

北宋长调作者有柳永[1]（《乐章集》）、周邦彦[2]（《清真词》）。南宋写长调者甚多，如姜白石、吴文英[3]，然彼等所走乃北宋之路子。

周清真在北宋词中地位甚重要，北宋词结束于周，南宋词发源于周。

宋人词史中有两大作家不在此作风内，一苏东坡，一辛稼轩。苏东坡在周前，自不似周，且周亦不曾受东坡影响。周清真吸收了许多北宋词人好处，独于东坡未得其妙处。东坡在北宋词中是特殊者。

北宋清真写景写得真好：

---

① 柳永（987—1053）：原名三变，字景庄，后改名永，字耆卿，崇安（今福建武夷山）人。因排行第七，故称之柳七。又因官屯田员外郎，世又称柳屯田。北宋词人，有《乐章集》。

② 周邦彦（1056—1121）：字美成，号清真居士，钱塘（今浙江杭州）人。北宋婉约词集大成者，南宋婉约词开山者，有《清真词》。

③ 吴文英（1207？—1269？）：字君特，号梦窗，又号觉翁，四明鄞县（今浙江宁波）人。南宋后期词人，一生倾力于词的创作，有《梦窗词》。

>>> 北宋长调作者有柳永、周邦彦。南宋写长调者甚多，如姜白石、吴文英，然彼等所走乃北宋的路子。图为清代费丹旭《雨霖铃》词意画。

人去乌鸢自乐，小桥外、新绿溅溅。（《满庭芳》）

真新鲜，真是春天印象，水清且绿。此是纯写景。又如：

水面清圆，一一风荷举。（《苏幕遮》）

静安先生说“此真能得荷之神理者”（《人间词话》卷上），非荷之形貌外表，然而无情。稼轩不写这样词。

作品是人格表现，周清真之词曰“清真”，美得不沾土，其人盖亦然。周是女性的，辛是男性的。

十八

程垓，字正伯，有《书舟词》。其《小桃红》曰：

不恨残花亸。不恨残春破。只恨流光，一年一度，又催新火。纵青天白日系长绳，也留春得么。　花院从教锁。春事从教过。烧笋园林，尝梅台榭，有何不可。已安排珍簟小胡床，待日长闲坐。

词，偶尔读一读，写一写，当无不可，但不可以此安身立命，算

“文章事业词人小”（余之《采桑子·题因百词集》）。若性之所近，习之所好，偶尔一填，第一须摸着词的调子。所谓调子即音节，每词有每词的音节。想填某一调子，最好取所爱词人之词先念几遍。俗说“鸳鸯绣出从君看，不把金针度于人”，就因社会爱笑人，使得想说实话的人都不敢说了。

余前数年有《灼灼花》：

> 不是昏昏睡。便是沉沉醉。谁信平生，年来方识，别离滋味。更哪堪酒醒梦回时，剩枕边清泪。　此恨何时已。此意无人会。南望中原，青山一发，江湖满地。纵相逢已是鬓星星，莫相逢无计。

此词即从程词变来，但比他有力。程氏“纵青天白日系长绳，也留春得么”，系不住，放下了。这是中国人看家本领——顺应。顺应不是反抗。余词“南望中原，青山一发”，由东坡诗“杳杳天低鹘没处，青山一发是中原”（《澄迈驿通潮阁》）之后句而来。唯东坡是北望，余是南望。苏东坡有时太不在乎，但此首字音好。

中国旧诗写夏的少，纵有也只是写天之舒长、人之安闲；要不然就是对不得安闲者的怜悯。程垓《小桃红》从春归写到夏至，写到天之舒长、人之安闲。

天气可影响人的性情、思想，冬天虽有严寒压迫，还可干点什么，夏天人精神易涣散，故有此等作。

>>> 顾随词“南望中原，青山一发”，由东坡诗“杳杳天低鹘没处，青山一发是中原”的后句而来。唯苏东坡是北望，顾随是南望。苏东坡有时太不在乎，但此首字音好。图为明代仇英《东坡寒夜赋诗图》。

写夏天的词，即如东坡之《洞天歌》，也只是天之舒长、人之安闲："冰肌玉骨，自清凉无汗。水殿风凉暗香满。"全词也只是这三句好。前二句写人，至于写夏景，第三句真绝了。

李之仪[1]《鹧鸪天》下片云："随定我，小兰堂。金盆盛水绕牙床。时时浸手心头熨，受尽无人知处凉。"这是对夏之安闲的享受。

"受尽无人知处凉"，差不多福都是如此，除此，就不是福。夏天什么地方最凉快？是高粱地头，是厨房门口。所以说，福看你会享不会享。虽然福不多，可是人人都有，但说到享福，却是"受尽无人知处凉"，没法告诉人。现在人不会享福，享福是受用，现在只知炫耀，不知享福。现在人最自私，可又不会自私。

中国传统写诗是要能忍受、能欣赏，故写夏亦然。

"锄禾日当午，汗滴禾下土"（李绅《悯农》），"赤日炎炎似火烧，野田禾稻半枯焦。农夫心内如汤煮，公子王孙把扇摇"（《水浒传》），这是对不得安闲者的怜悯。

郭沫若[2]题己集之扉页有言："炎炎的夏日当头。"[3]此言不是安闲，

---

① 李之仪（1038—1117）：字端叔，号姑溪居士，沧州无棣（今山东无棣）人。北宋后期词人，有《姑溪词》。

② 郭沫若（1892—1978）：原名郭开贞，字鼎堂，四川乐山人。现代诗人、剧作家，著述颇丰，有剧作《三个叛逆的女性》《虎符》《屈原》《棠棣之花》等，诗集《女神》为中国现代新诗奠基之作。

③ 郭沫若小说集《塔》扉页写道："啊，青春哟！我过往了的浪漫时期哟！我在这儿和你告别了！我悔我把握你得太迟，离别你得太速，但我现在也无法挽留你了。以后是炎炎的夏日当头。"

不是怜悯，是担当。

余之《浣溪沙》：

赤日当头热不支。长空降火地流脂。人天鸡犬尽如痴。　　已没半星儿雨意，更无一点子风丝。这般耐到几何时。

此既非安闲之享受，也非对不得安闲者之怜悯，然此亦尚与郭氏之担当不同，此乃描写，前人不但不敢担当，且不敢描写。

郭氏扉页题辞非传统境界，余之《浣溪沙》亦非传统境界。

十九

南渡词家有李易安、朱敦儒[①]。

易安词不甚佳，但有时她所写的，男人绝写不出来。

海燕未来人斗草，江梅已过柳生绵。黄昏疏雨湿秋千。（《浣溪沙》）

---

① 朱敦儒（1081—1159）：字希真，号岩壑，洛阳（今河南洛阳）人。宋代南渡时期词人，获“词俊”之名，有词集《樵歌》。

>>> 李清照词不甚佳，但有时她所写的，男人绝写不出来。图为清代佚名《济南李清照酴醾春去图照》。

真调和，真美，尤其后一句“黄昏疏雨湿秋千”，不是女孩子不会感到这些。

李端[①]有《拜新月》诗：

> 开帘见新月，即便下阶拜。
> 细语人不闻，北风吹裙带。

诗不见佳，但意境好。

拜月真是美事，女儿拜月真是美的修养。每夜拜月，眼见其日渐圆满，心中将是何种感情？但李端“开帘见新月，即便下阶拜”，写得像李逵，真写坏了。男女在意义上、人格上、地位上是平等的，但各有长短，如老杜与李白之各有长短（人各有长短，不以是分优劣），虽然女人也有男性化的，男人也有女性化的。纤细中要有伟大，宏大中要有纤细；纷乱中要有清楚，清楚中要有模糊。女性纤细，不害其伟大，其纤细处男性绝到不了。莎氏作品便失之粗，如中国老杜。

“细语”句尚可，“北风吹裙带”，绝不可用“北风”。

易安三句无论从修辞上、从女性美上说，都较前一首李端诗为高。

---

① 李端（743—782？）：字正己，赵郡（今河北赵县）人。中唐诗人，与韩翃、卢纶、钱起等十人合称“大历十才子”。

>>> 拜月真是美事，女儿拜月真是美的修养。每夜拜月，眼见其日渐圆满，心中将是何种感情？图为清代陈枚《月曼清游图·琼台赏月》。

胡适说将朱敦儒比陶潜或更确切(《词选》)。[①] 观此语，胡氏于朱、陶二人盖未能有深切认识，否则绝不能将二人并论。

朱敦儒词是多方面的：有乐天自适之作，有豪放之作，亦有纤巧之作。其可取亦在此。

朱敦儒《清平乐》(春寒雨妥)，纤巧。词中纤巧尚可，诗中一露纤巧便要不得。世上之有小巧，原也可爱，如草木初生之嫩芽。“小荷才露尖尖角，早有蜻蜓立上头”(杨诚斋《小池》)，这也的确是诗，但一首诗要只写这个便没意思了。

《樵歌》所写是小我。小我者之为人生，是为自己偷生苟活。

朱希真《临江仙》(堪笑一场颠倒梦)是写人生，但他是出世的，是消极，是摆脱。“世间谁是百年人。个中须著眼，认取自家身”，他的“认取”是认取自家的一切浮名浮利都是假的。最亲莫过自己——这是小我。

---

① 胡适《词选》：“词中之有《樵歌》，很像诗中之有《击壤集》(邵雍的诗集)。但以文学的价值而论，朱敦儒远胜邵雍了，将他比陶潜，或更确切罢。”

>>> “小荷才露尖尖角，早有蜻蜓立上头”，这也的确是诗，但一首诗要只写这个便没意思了。图为当代蔡金纯《杨万里小像》。

出世思想乃中国所独有，外国虽也有出世思想，但不是摆脱，中国出世的目的则多在摆脱。西洋人出家是积极的，中国出家是消极的。

朱希真是小我，总想自己安闲。辛稼轩是英雄，总想做点事，不肯闲的。

二十

放翁虽非伟大诗人，而确是真实诗人，先不论其思想感染，即其感情便已够得上真的诗人。忠实于自己感情，故其诗有激昂的，也有颓废的；有忙迫的，也有缓弛的。

别人有心学渊明、浩然，于是不敢写自己忙迫、激昂之情感，此便算他忠于陶、孟（其实也难说），但他不忠于他自己。天下没有不忠于自己而能忠于别人的。若有，真是奇迹。放翁忠于自己，故其诗各式各样。因他忠于自己，故可爱，他是我们一伙儿。俗说“他乡遇故知”，难道他乡人不是人吗？但总觉不亲近。一个诗人有时候之特别可爱，并非他作的诗特别好、特别高，便因他是我们一伙儿。

宋寶章閣待制渭南伯陸公游

>>> 陆游虽非伟大诗人，而确是真实诗人，先不论其思想感染，即其感情便已够得上真的诗人。图为《宋宝章阁待制渭南伯陆公游》。

放翁忠实于自己。但放翁诗品格确实不太高。品格是中国做人最高标准，一辈子也做不完、行不尽。放翁诗品格不高，或因其感情丰富，不能宽绰有余。“六十年间万首诗” （《小饮梅花下作》），便因其忠于自己，感情丰富，变化便多，诗格虽不高而真。

孟子曰“定于一”（《孟子·梁惠王上》）。放翁非圣贤仙佛，心不能“定于一”，有时就痛快，有时就别扭。

放翁诗方面很多，虽不伟大，而是一个诚实诗人。

中国自古便说“修辞立其诚”（《易传·文言》），诚，从“言”义“成”声，而依兼士[①]先生之言，则“成”亦兼有义，不“诚”不“成”。

放翁诚实，见到就写，感到就写，想到就写，故其诗最多，方面最广，不单调。初读觉得新鲜，但不禁咀嚼，久读则淡而无味。即使小时候觉得好的，现在也仍觉得好，所懂也仍是以前所懂，并无深意。

放翁诗多为一触即发，但也是胸无城府，是诚，但偏于直。老杜之诚是诚实，如“国破山河在，城春草木深”（《春望》），读之如嚼橄榄。放翁诗一触即发，可爱在此，不伟大亦在此。“水之积也不厚，则其负大舟也无力”（《庄子·逍遥游》）。

① 沈兼士（1887—1947）：名臤，沈尹默之弟，吴兴人。现代语言文字学家，提出“语根字族”理论，著有《文字形义学》《广韵声系》《右文说在训诂学上之沿革及其推阐》等。曾任教北京大学、辅仁大学，顾随之师。

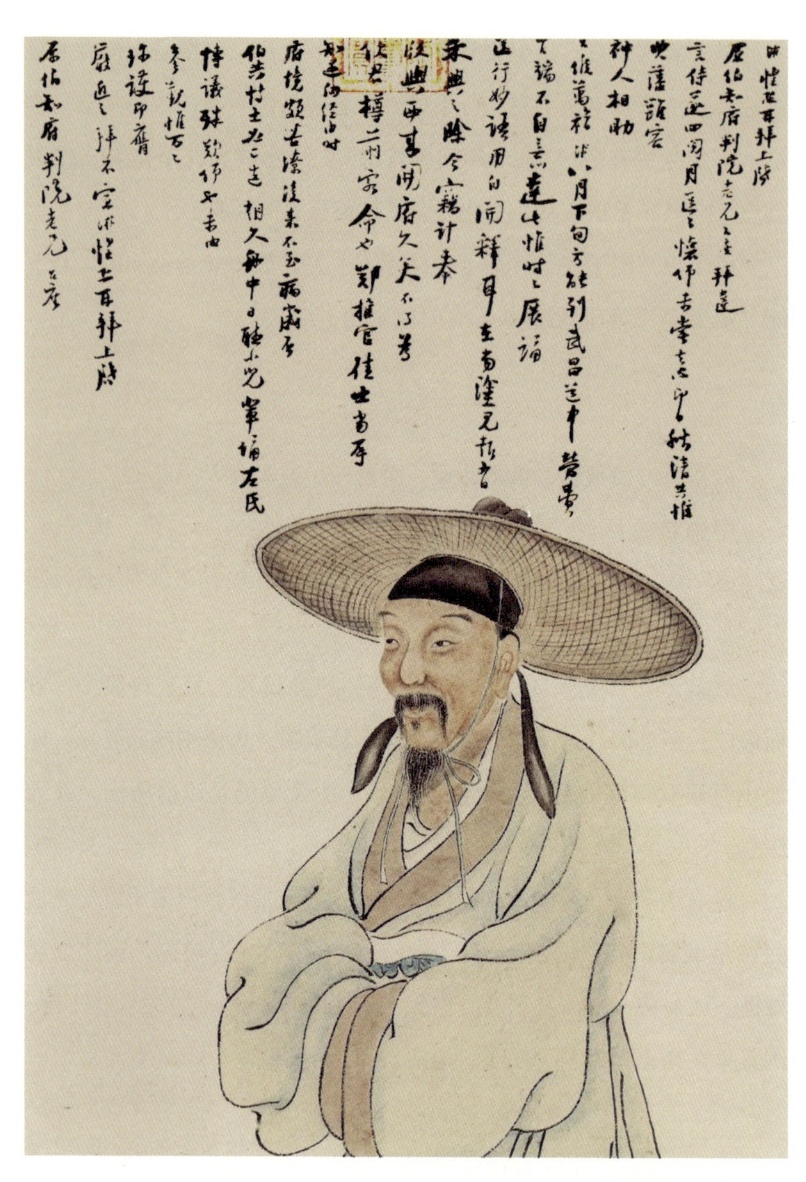

>>> 陆游诗方面很多，虽不伟大，而是一个诚实诗人。他诚实，见到就写，感到就写，想到就写，故其诗最多，方面最广，不单调。图为陆游像。

放翁是有希望、有理想的，但他的理想未能实现，希望也成水月镜花。如此，则弱者每流于伤感悲哀，强者则成为愤慨激昂。放翁偏于后者，且由愤慨走向自暴自弃。

放翁诗中找不到奇情壮采。太白诗中奇情多，如《梦游天姥吟留别》，是奇情；老杜《观公孙大娘弟子舞剑器行》，是壮采。

放翁诗有奇气，如“早岁那知世事艰，中原北望气如山”（《书愤》）。

放翁好使气而有时断气，老杜诗气不断。

放翁活得年岁大，到死气不衰：“王师北定中原日，家祭无忘告乃翁。”（《示儿》）

魏武帝诗云：

> 老骥伏枥，志在千里；
> 烈士暮年，壮心不已。
>
> （《步出夏门行·龟虽寿》）

放翁诗句云：

>>> 陆游诗有奇气，如“早岁那知世事艰，中原北望气如山”。他活得年岁大，到死气不衰：“王师北定中原日，家祭无忘告乃翁。”图为当代马振声《示儿》诗意画。

心如病骥常千里，身似春蚕已再眠。

（《赴成都泛舟自三泉至益昌谋以明年下三峡》）

放翁为此诗时或尚未甚老，故不曰“老骥”，而曰“病骥”。病骥虽志在千里，而究竟已不能行千里；蚕再眠后便已无力，有心无力。除非是行尸走肉那样的人，否则人到老年、病中，总有“心如病骥”二句之心情。

儿童冬学闹比邻，据案愚儒却自珍。

授罢村书闭门睡，终年不著面看人。

（《秋日郊居》其七）

现在先不讲其思想，讲其作诗时的心情。此情尚无人道及——自珍，爱惜自己。

以放翁之脾气，侍候于公卿之门，奔走于势利之途，一个人除非没品格，稍有品格，便知恭维人真是面上下不来，心上过不去。放翁有感觉，必有感于此。但既做官便不免如此，不如村夫子尚能自珍，保存自己的天真。

从此诗中看出放翁有消极，但放翁是意在恢复、有志功名的。他羡慕那个村夫子但做不到，既有心恢复、志在功名，怎能“不著面看人”？

一个人要向上向前，但我们也爱一个忠于自己感情的人，虽然在理想上稍差，但是可爱。放翁虽志在恢复、有意功名，而有时也颇似小孩子可爱。

> 黍醅新压野鸡肥，茆店酣歌送落晖。
> 人道山僧最无事，怜渠犹趁暮钟归。
>
> （《杂题》其四）

放翁诗到晚年有一特殊境界，即意境圆熟、音节调和。圆熟，但诗品仍不高。

此诗前两句是说，日尽管落，我喝我的、吃我的；后两句是说，你出家人还是免不了烦恼，还不如我，比闲人还闲。

放翁活那么大年纪，可见其心情不老是愤慨矛盾，也有调和之时。

放翁活到八九十岁，必于愤慨激昂之外，有和谐健康之时。如其《三峡歌》其九之“游南宾”一首，写去国离乡之情，但他写得多美——“云迷江岸屈原塔，花落空山夏禹祠”：“云迷江岸”尚是具体的，到“花落空山”则一片空灵。放翁诗中盖无美过此二句者。

西洋有所谓素诗（naked poetry），朴素的诗，“云迷”二句不朴素，但一点别的成分没有，纯乎其为诗。“云迷”“花落”，即使放翁不写，此事物也仍是诗。

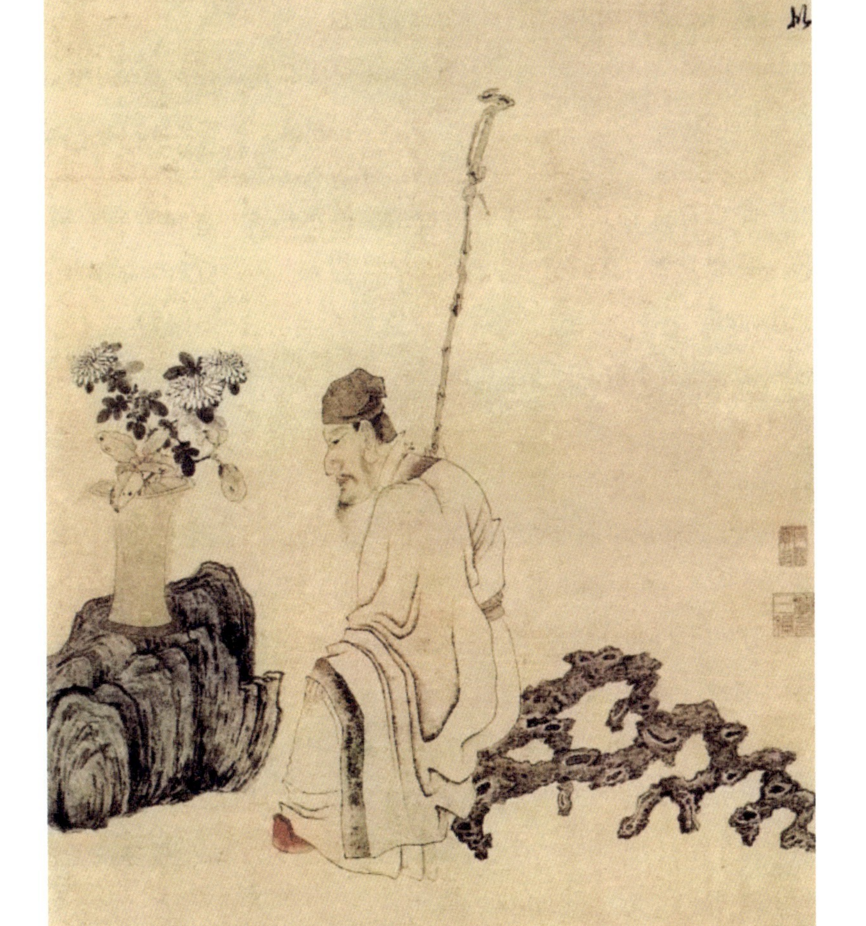

>>> 陆游“菊枕”诗有其不可磨灭的价值在，不伟大，亦可存在、流传——以其真，真的情感、真的景致。图为明代陈洪绶《玩菊图》。

放翁“菊枕”诗：

采得黄花作枕囊，曲屏深幌闷幽香。
唤回四十三年梦，灯暗无人说断肠。

少日曾题菊枕诗，蠹篇残稿锁蛛丝。
人间万事消磨尽，只有清香似旧时。

（《余年二十时尝作菊枕诗，颇传于人，
今秋偶复采菊缝枕囊，凄然有感》）

此二首诗有其不可磨灭的价值在，不伟大，亦可存在、流传——以其真，真的情感、真的景致。前无古人，后人学亦不及。虽小而好。

此二诗有本事，即《钗头凤》词。八十余岁时作诗提到沈园还难过。

此二首乃六十余岁作。

四十三年前事同谁说？后妻、儿女皆不可与言，限于礼教、名誉、感情。不能说而说出一点，真好。“灯暗无人说断肠”，泪向内流。打掉门牙向肚里咽，尚不令人难过；唯此诗不逞英雄，更令人难过。“七阳”韵是响韵，而陆此诗不响。

第二首诗句更平常而更动人。二十岁时旧稿，今则蛛丝皆满，枕乃唐氏所缝，唯清香似四十三年前情味。第二首结句，“支”韵是哑韵，句中用“香”字，“香”字响。第一首结句，“阳”韵是响韵，句中用“暗”“无”。此乃调和之美。

放翁此诗真，平易近人，人情味重。

放翁《沈园》诗：

城上斜阳画角哀，沈园非复旧池台。
伤心桥下春波绿，曾是惊鸿照影来。

梦断香消四十年，沈园柳老不吹绵。
此身行作稽山土，犹吊遗踪一泫然。

此二首较“菊枕”二首露骨，比“菊枕”二首差三年，六十岁作。

第二首好，亦因次句好，“沈园柳老不吹绵”，真令人销魂、断肠，树犹如此，人何以堪。（沈园乃鲁迅先生故乡，今有春波桥、禹迹寺。）

放翁八十岁后，梦过沈园，又有《十二月二日夜梦游沈氏园亭》二首：

路近城南已怕行，沈家园里更伤情。
香穿客袖梅花在，绿蘸寺桥春水生。

城南小陌又逢春，只见梅花不见人。
玉骨久成泉下土，墨痕犹锁壁间尘。

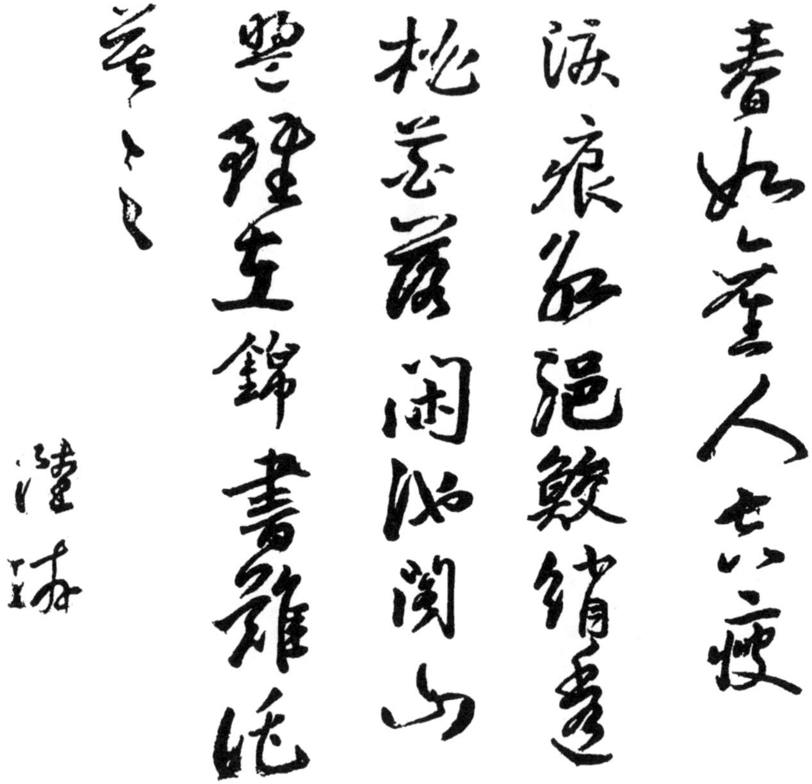

>>> 陆游两首“菊枕”诗有本事，即《钗头凤》词。他八十余岁时作诗提到沈园还难过，四首“沈园”绝句即其了不起处，虽无奇情壮采而真。图为沈园《钗头凤》。

钗头凤

红酥手黄縢酒
满城春色宫墙柳
东风恶欢情薄一
怀愁绪几年离
索错错错

以上四首绝句即放翁了不起处，虽无奇情壮采而真，乃江西诗派所无。江西诗派但为理智，无感情。而诗究为抒情的，太理智了不是诗。放翁有真感情。

放翁诗盖以七言绝句最好。

放翁以后之诗人，不管他晚年有何成就，他早年学诗初一下手时，必受放翁影响，不知不觉学放翁，其他显而易见专学放翁者更多。

二十一

稼轩无论政治、军事、文学，皆可观，在词史上是有数人物。

辛氏做官虽也不小，但意不在做官，是要做点事。他有两句词：

> 此身忘世浑容易，使世相忘却自难。（《鹧鸪天·戊午拜复职奉祠之命》）

>>> 辛弃疾无论政治、军事、文学，皆可观，在词史上是有数人物。图为辛弃疾像。

这样一个热心肠、有本领的人，而社会不相容。

稼轩是承认现实而又想办法干的人，同时还是诗人。一个英雄太承认铁的事实，太要想办法，往往不能产生诗的美；一个诗人能有诗的美，又往往逃避现实。只有稼轩，不但承认铁的事实，没有办法去想办法，实在没办法也认了；而且还要以诗的语言表现出来。稼轩有其诗情、诗感。

中国诗，最俊美的是诗的感觉，即使没有伟大高深的意义，但美。如“杨柳依依”“雨雪霏霏”（《诗经·小雅·采薇》）。若连此美也感觉不出，那就不用学诗了。

人都说辛词好，而其好处何在？

辛有英雄的手段，有诗人的感觉，二者难得兼而有之。他有诗人的力、诗人的诚、诗人的感觉。在中国诗史上，盖只有曹、辛二人如此。诗人多无英雄手段，而英雄可有诗人感情，曹与辛于此二者盖能兼之。老杜也不免诗人之情胜过英雄手段，便因老杜只是“光杆儿”诗人。

说稼轩似老杜也还不然，老杜还只是一个秀才，稼轩则“上马杀

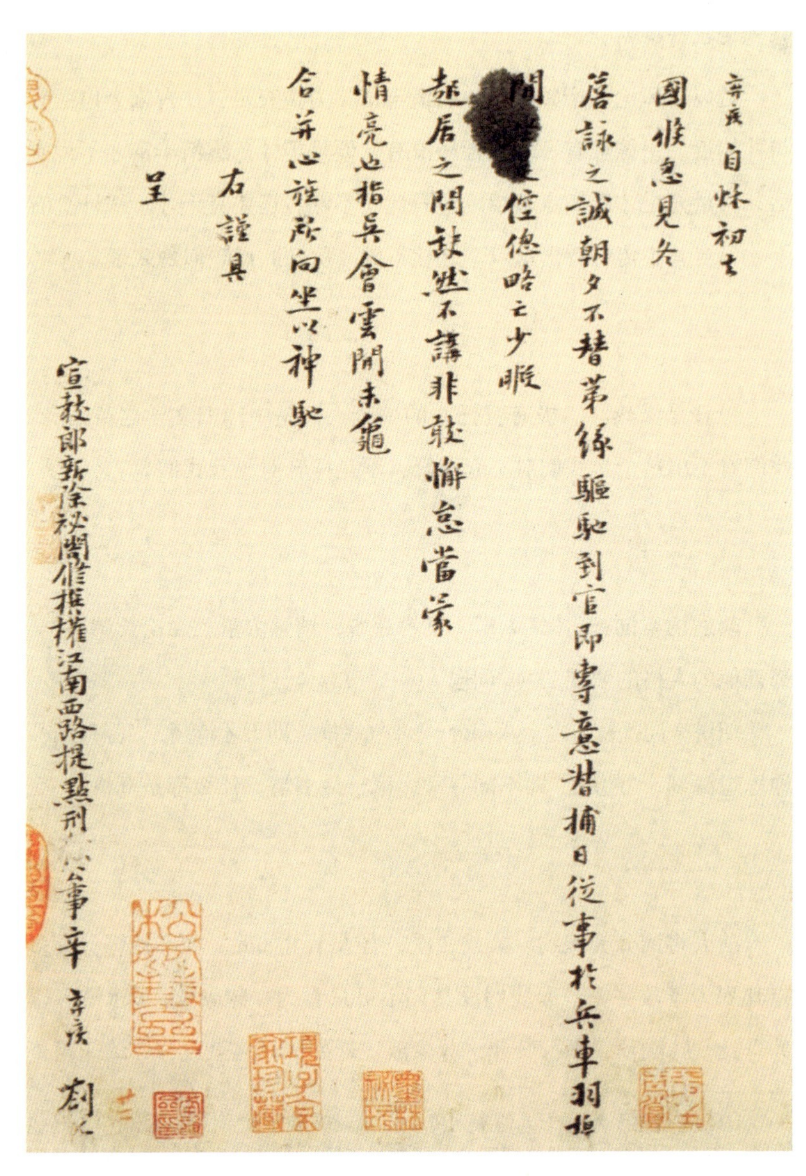

棄疾自秋初去國，倏忽見冬。詹詠之誠，朝夕不替。第緣驅馳到官，即專意督捕，日從事於兵車羽檄間，坐是倥傯，略亡少暇。起居之問，缺然不講，非敢懈怠，當蒙情亮也。指吳會雲間，未龜合并，心旌所向，坐以神馳。右謹具呈。

宣教郎新除秘閣修撰權江南西路提點刑獄公事辛棄疾劄子

>>> 人都说辛词好，而其好处何在？辛弃疾有英雄的手段，有诗人的感觉，二者难得兼而有之。图为宋代辛弃疾唯一传世真迹《去国帖》。

贼，下马草露布”[①]。

若以作风论，辛颇似杜，感情丰富，力量充足，往古来今仅稼轩与杜相近。但稼轩有一着老杜还没有，便是干才。感情丰富才不说空话，力量充足才能做点事情。但只此还不够，还要有干才。稼轩真有干才，自其小传可看出这点。老杜不成。稼轩此点颇似魏武帝。

稼轩是极热心、极有责任心的一个人，是中国旧文学之革命者。我们看不出这个是我们对不起稼轩，不是稼轩对不起我们。

胡适谓辛词：“才气纵横，见解超脱，情感浓挚。无论长调小令，都是他的人格的涌现。”（《词选》）

胡讲辛词，吾与之十八相合。“才气纵横”即天才特高，“见解超脱”即思想深刻，“超脱”即不同寻常。稼轩最多情，什么都是真格的。

前人将词分为婉约、豪放二派，吾人不可如此。如辛稼轩，人多将其列为豪放一派。而我们读其词不可只看为一味豪放。《水浒》李大哥是一味颟顸，而稼轩非一味豪放。即如稼轩之豪放，亦绝非粗鲁

① 《魏书》卷七十《傅永列传》：“高祖（魏孝文帝）每叹曰：‘上马能击贼，下马作露布，唯傅修期耳。’”露布，汉代一种朝廷发布制书、诏书或臣僚上呈奏章的特殊方式，尚未成为独立文体。所以谓之“露布”者，盖因其不封检，露而宣布。至后魏，“露布”转变为一种军事报捷文书。

颟顸，而一般说豪放但指粗鲁颟顸，其实粗鲁颟顸乃辛之短处。

清周济（止庵）[①]论词，将词分为自在、当行。自在是自然、不费力；当行是出色、费力。又当行又自在、又自在又当行，很难得。如清真词自在，而不见得当行。稼轩当行，如“点火樱桃，照一架荼蘼如雪”（《满江红》），但又嫌他太费力。辛词当行多、自在少，而若其“莫避春阴上马迟，春来未有不阴时”（《鹧鸪天·送欧阳国瑞入吴中》）二句，真是又当行，又自在。若教老杜，写不了这样自在。不用管阴不阴，只问该上马不该，该走不该，该走该上马，你就上马走吧，“春来未有不阴时”！

稼轩有时亦用力太过，如其咏梅词之《最高楼》“换头”：

> 甚唤得雪来白倒雪，便唤得月来香煞月。

中国咏梅名句是：

> 疏影横斜水清浅，暗香浮动月黄昏。
>
> （林逋《山园小梅》）

---

① 周济《介存斋论词杂著》论苏辛词，提出自在、当行：“世以苏辛并称，苏之自在处，辛偶能到；辛之当行处，苏必不能到。”周济（1781—1839），字保绪，一字介存，号未斋，晚号止庵，江苏荆溪（今江苏宜兴）人。清代词论家，著有《词辨》《介存斋论词杂著》等。

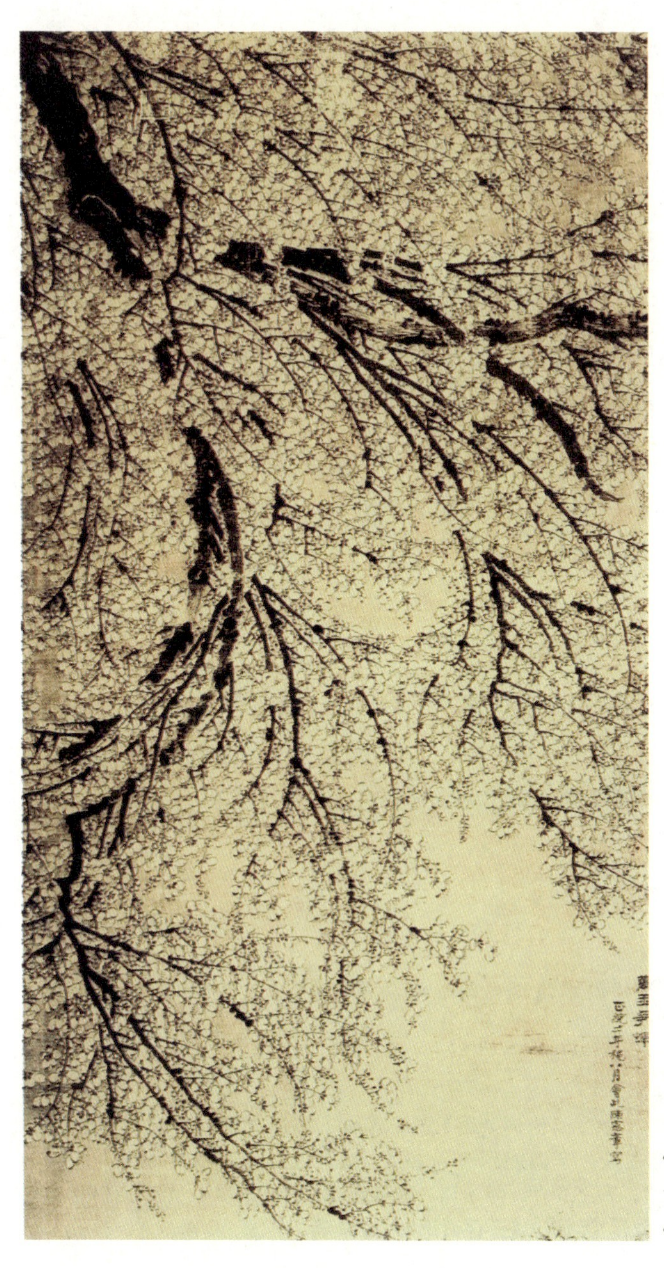

>>> 中国咏梅名句是："疏影横斜水清浅，暗香浮动月黄昏。"（林逋《山园小梅》）图为明代陈录《万玉争辉》。

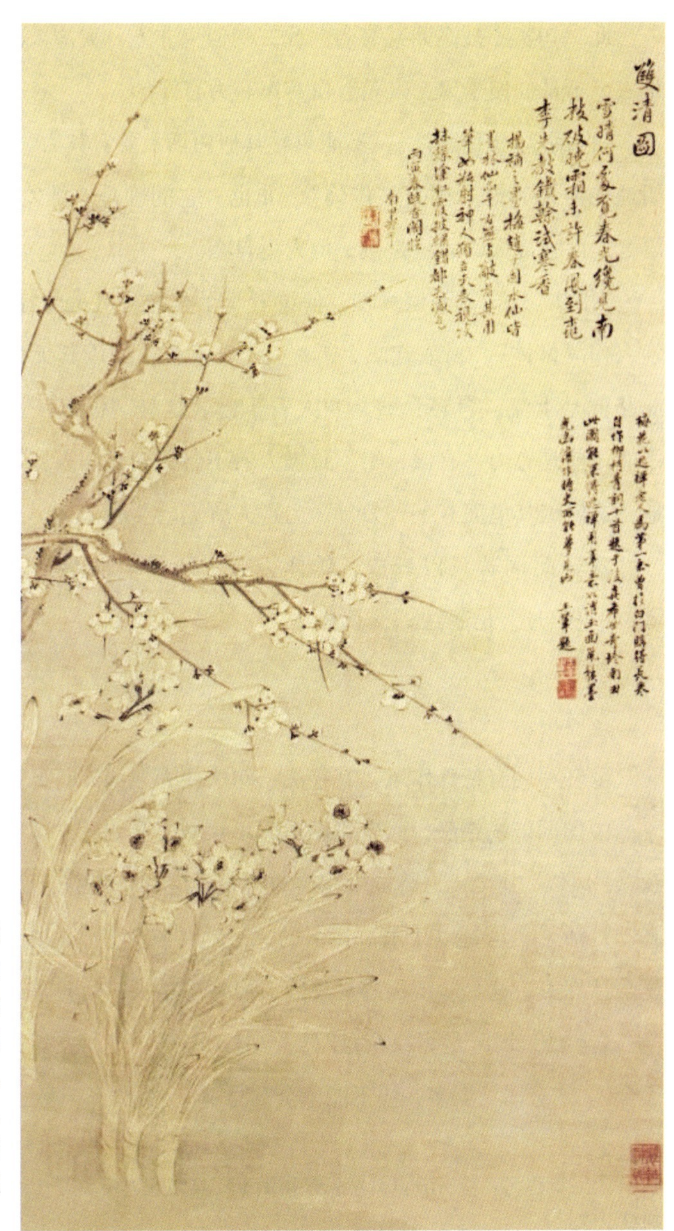

>>> 辛弃疾咏梅词有“白倒雪”“香煞月”，不能只看其似白话，要看其力、诚、当行。图为清代恽寿平《双清图》。

此二句实不甚高而甚有名。此二句似鬼非人，太清太高了，便不是人，不是仙便是鬼，人是有血有肉有力有气的。

“白倒雪”“香煞月”，不能只看其似白话，要看其力、诚、当行。胡适先生谓其好乃因其“俳体”，非也。它的确是“俳体”，是活的语言，而它最大的力量是诚，但太不自在。

“俳体”，含笑而谈真理，使读者听了有趣，可是内容是严肃的。别人作“俳体”，易成起哄、拆烂污[1]，发松，便因其无力。人一走此路便是下流，自轻自贱，叫人看不起。这样“俳体”不成。稼轩不然，他是有力、有诚，绝不致被人看不起，而且叫人佩服得五体投地，这便因其里面有一种力量，为别人所无。

稼轩此词若只以豪放、俳体去会，便错了，不要以为“白倒雪”“香煞月”是起哄。

稼轩写词有特殊作风，其字法、句法便为他词人所无。

中国词传统是静，而辛是动。如《江城子》首句“宝钗飞凤鬓惊鸾”，“凤钗”“鸾鬓”，诗词中用得非常多，但都是死的，而稼轩一写，真动，活了。这是以《水浒传》的笔法写《红楼梦》，以画李逵的笔调画林黛玉。这真险，很容易失败，但他成功了，而且是最大成功。

“宝钗”句，是写钗？是写鬓？但又不是，是写女性，以部分代表全体（“全体”太多，势不能“全”写）。一个“飞”字，一个“惊”

① 拆烂污：南方方言，意思是指做事苟且马虎，不负责任，致使事情糟到难以收拾。

字，所写是一个活泼泼的健康女性，绝非《红楼》上病态女子可比。

《江城子》(宝钗飞凤鬓惊鸾)写柔情而用健笔。写柔情不用《红楼》笔法，而用《水浒》笔法，此稼轩所以为稼轩。此首以辞论，前片佳；以意论，辛之用意盖重在后片。

人多谓稼轩长调好。

稼轩长调前无古人，后无来者。

稼轩写长调，并不继承谁。人必性情相近始能受其影响。

稼轩最能作《贺新郎》。一个天才，总有几个拿手调子。辛之拿手调子如《贺新郎》，两宋无人能及，后人作此亦多受辛影响。

《满江红》调该用入声韵，除辛氏外，别人作出多是哑的。

稼轩《满江红》(家住江南)即其音之饱满便可知其内在力量是饱满的、是诚的。

稼轩此词不是大声吆喝着讲的。

"家住江南"，一起便好，尤其是"又过了、清明寒食"，什么都没说，而什么全有了。清明寒食，对得起江南，江南也对得起清明寒食。好像只有在江南，才配过清明寒食，说"家住北京"便不成，这没道理，这是感觉。"花径里、一番风雨"，还没什么；"一番狼藉"，

道光戊戌嘉平月惕齋汪圻

>>> 中国词传统是静，而辛弃疾是动。如《江城子》首句“宝钗飞凤鬓惊鸾”，是写钗？是写鬓？但又不是，是写女性，以部分代表全体，所写是一个活泼泼的健康女性。图为清代汪圻《踏雪寻梅图》。

道光元年莫春
少眉馮承輝題
於泉涇之
樸風草堂

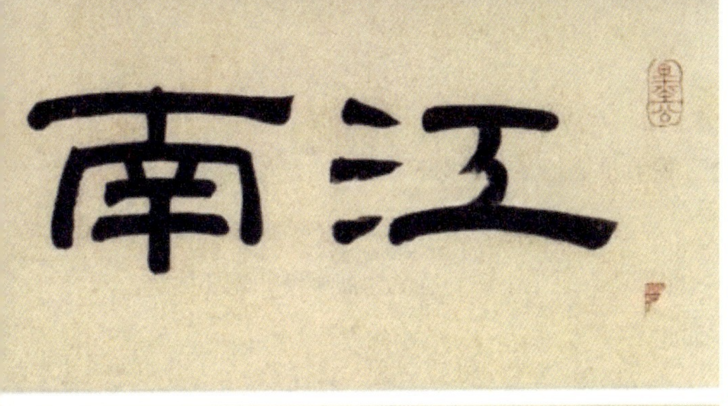

>>> 辛弃疾《满江红》词"家住江南"，一起便好，尤其是"又过了、清明寒食"，什么都没说，而什么全有了。图为清代祁子瑞《江南春尽》。

仄平平入，用得真好，便看见满地落花，雨打风吹。“红粉暗随流水去，园林渐觉清阴密”，二句不见佳。“算年年、落尽刺桐花，寒无力”，一念便觉无力。此是诗人感觉。说到感觉，需要细，需要体会得如此；创作时也需如此。

辛词有《祝英台近·晚春》。人一提“晚春”，便都想到落花飞絮，想到的是景。然稼轩纯粹写景的作品多是失败的，但如“点火樱桃，照一架荼蘼如雪”（《满江红》），真好。武松鸳鸯楼上写下八字：“杀人者打虎武松也。”（《水浒传》第三十一回）金[1]批：“卿试掷地，当作金石声。”辛此句亦然。写景没有写得这么有力的。

稼轩词中也有写景之语，但他的写景都是情的陪衬，情为主，景为宾。辛不能写景，感情太热烈，说着说着自己就进去了。如其《江城子》（宝钗飞凤鬓惊鸾）一首，“水云宽”岂非写景，而“望重欢”是写情；“翠被粉香残”是景，而“肠断新来”是情；“梅结子，笋成竿”是景，而“待得来时春尽也”是情。情注入景，诗中尚有老杜、魏武，词中无人能及。他感情丰富，力量充足，他哪有心情去写景？写景的心情要恬淡、安闲，稼轩之感情、力量，都使他闲不住。

稼轩词专写景的多糟，其写景好的，多在写情作品中。

① 金：指明末清初文学批评家金圣叹。

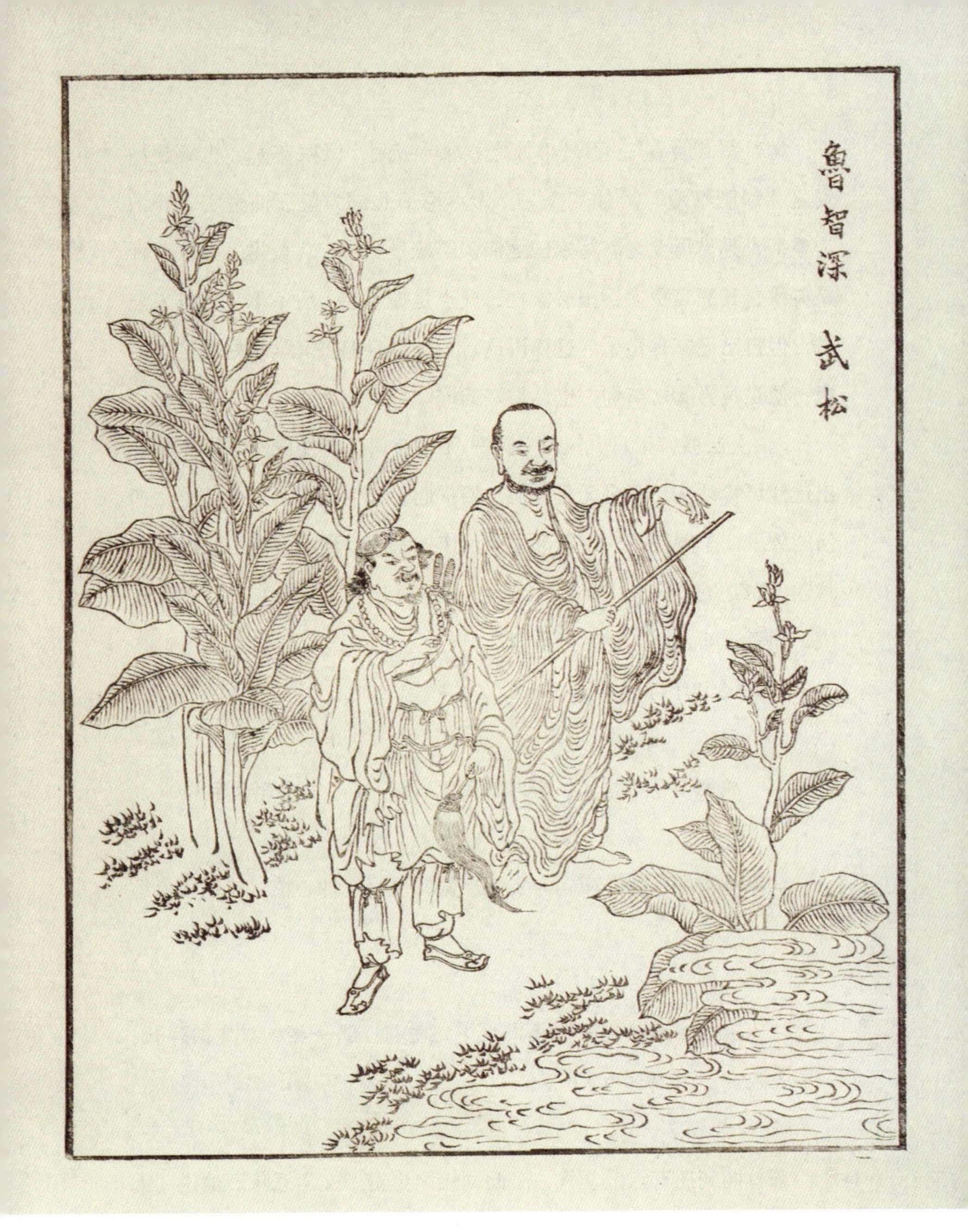

>>> 人一提“晚春”，便都想到落花飞絮，想到的是景。然稼轩纯粹写景的作品多是失败的，但如“点火樱桃，照一架荼蘼如雪”，真好。武松鸳鸯楼上写下八字：“杀人者打虎武松也。”金圣叹批：“卿试掷地，当作金石声。”辛弃疾此句亦然。图为《水浒传》插图。

稼轩写“晚春”，不是小杜之“绿叶成阴”（《叹花》），也不是易安之“绿肥红瘦”（《如梦令》）。先不论辛此词为象征抑写实。若谓为象征，是借男女之思写家国之痛。英雄是提得起、放得下的，稼轩是英雄，其悲哀更大，国破家亡，此点是提不起、放不下。宋虽未全亡，但自己老家是亡了。这样讲这首词也好，但讲文学最好还是不穿凿；便是写男女之离别，也是很好的词。

“怕上层楼，十日九风雨”——无可奈何。能使稼轩那样英雄说出这样可怜话来，真是无可奈何。要提起，如何能提起？要放下，如何能放下？了解此二句，全部辛词可作如是观。词中写到“飞红”“啼莺”，飞红也拉不住，啼莺也劝不住，只好让它飞、让它啼。飞者自飞，啼者自啼，而人是无可奈何。

宋人词中有句云：

> 拚则而今已拚了，忘则怎生便忘得。（李甲《帝台春》）

词不见得好，但是两句老实话。稼轩也写这种心情，比他写得还诗味：

> 天远难穷休久望，楼高欲下还重倚。拚一襟、寂寞泪弹秋，无人会。（《满江红》）

前首两句还有点散文气，辛此词较之更富于文学意味。他说“无人会”，真是“无人会”，无可奈何。

在中国词史上，所有人的作品可以四字括之——无可奈何。稼轩乃词中霸手、飞将，但说到无可奈何，还是传统的。“试把花卜归期，才簪又重数”，忧、惧，无可奈何。《鹧鸪天》(晚日寒鸦一片愁)一首亦然。

稼轩《祝英台近·晚春》若讲作男性之言，与后片不合，不如全当作女性之言。“花卜归期”句感情很热烈，很忠实，不用说，也很美。稼轩虽是老粗，但真能写女性，了解女性，而且最尊重对方女性人格。此一点两宋无人能及，便苏髯[①]亦不成。辛写女性总将对方人格放在与自己平等地位。周清真、柳耆卿都把女性看成玩物，而稼轩写得严肃。“才簪又重数”，可见心不在花。

此词真稼轩代表作，至少是代表作之一。

稼轩有词《水龙吟·用“些”语再题瓢泉……》，以体制论，自有《水龙吟》来，无有此等作。

稼轩《水龙吟·登建康赏心亭》一首，下片“休说鲈鱼堪脍。尽西风、季鹰归未”句，“归未”下，不应标问号。“归未”，只是未归之意，所以上句说“休说鲈鱼堪脍”也。说了亦是归不得，不如不说之为愈也。

---

① 苏髯：苏轼多髯，故有此称。

>>> 辛弃疾虽是老粗，但真能写女性，了解女性，而且最尊重对方女性人格。此一点两宋无人能及，便苏东坡亦不成。辛写女性总将对方人格放在与自己平等地位。图为清代余集《苏文忠公笠屐图》。

《虞美人》《菩萨蛮》是最古调子。

稼轩有一首《菩萨蛮·金陵赏心亭为叶丞相赋》可称前无古人之作，能自出新意，自造新词：

> 青山欲共高人语。联翩万马来无数。烟雨却低回。望来终不来。

自有《菩萨蛮》以来都是写得很美，很缠绵，稼轩也仍是美丽缠绵，但别人是软弱的，稼轩是强健的。故不论其好坏，总之只此一家。

辛弃疾之《玉楼春》（有无一理谁差别），词未必佳，而小序文真作得好。

> 乐令谓卫玠：人未尝梦捣齑、餐铁杵、乘车入鼠穴，以谓世无是事故也。余谓世无是事而有是理。乐所谓无，犹云有也。戏作数语以明之。

序中“无是事而有是理”，此是通人语。

文学就是一个理。梁山水泊未必有一百零八好汉，若有，便该如彼《水浒传》所写；“红楼”未必有大观园、有林黛玉，然若有，便该如彼《红楼梦》所写。此是理。又如《阿Q正传》，未必专写某人，无是事，有是理。

“无是事而有是理”。稼轩这位山东大兵，说出话来真通。而社会

>>> 文学就是一个理。梁山水泊未必有一百零八好汉，若有，便该如彼《水浒传》所写；“红楼”未必有大观园、有林黛玉，然若有，便该如彼《红楼梦》所写。此是理。图为清代费丹旭《史湘云醉卧芍药圃图》。

上人都是半通半不通，有许多馊见解、馊主意，一知半解而自以为无所不解。

稼轩不通时真不通，通时真通，“梅结子，笋成竿”也罢，“个里柔温，容我老其间”也罢，还是要“三羽箭，何日去，定天山”(《江城子》)！他是叼住人生不放嘴。

稼轩有时真通，有时真不通，通有通的好，不通有不通的好，可爱。一部稼轩词可作如是观。

稼轩之二首《西江月》(一题《遣兴》，一题《示儿曹，以家事付之》)，“俳体”，非讽刺，而颇近于爱抚。尤其次首。此爱还不仅是对其子女，对自己亦有点爱抚。前一首颇似小儿天真。因世人有思想者多计较是非，无思想者多计较利害。无论是非或利害都是苦。只有小儿无是非、利害，只是兴之所至，尽力去办，此是最富于诗味的游戏。小儿游戏很天真、很坦白，而且很真诚的。前一首非讽刺、非爱抚，只是游戏。

《西江月》调太俗。欧公、苏公所作尚佳，南宋则推稼轩。此调之俗，一因小说中用俗了；一因此调本身即俗，盖因六言故。以唐王维之天才，作六言也不成。如其《闲居》：

桃红复含宿雨，柳绿更带朝烟。

花落家童未扫，鸟啼山客犹眠。

俗。一样话看你怎样说法，创作如此，说话亦然！同是这一点意思，说得好与不好，有很大关系。说得好，使人都信；说得不好，人都不信。“桃红复含宿雨，柳绿更带朝烟”，此境界的确不错，很有诗意，可惜写得俗。若把“复”字、“更”字去了，“家”字、“山”字去了，便好得多：

桃红含宿雨，柳绿带朝烟。

花落童未扫，鸟啼客犹眠。

这好得多，何故？此盖中国诗不宜于六言。

以王维写六言尚不免于俗，何况我辈？然此乃就无天才者而言。假设真是天才，思想高深，虽顶俗的调子也能填得很好。如老谭[①]之戏，原多为开场戏，可是被老谭唱成大轴子戏了。《西江月》调原很俗，可是被欧、苏、辛作好了。

稼轩《鹧鸪天》（有甚闲愁可皱眉）一首，晚年写这样词，真是霸王在九里山前。事业失败是悲哀，但年老更可悲。“百年旋逐花阴转，万事常看鬓发知”，二句伤感，但是两句好词。百足之虫死而不僵者，他伤感到底有力。

① 老谭：即谭鑫培。

>>> 《西江月》调太俗。欧阳修、苏东坡所作尚佳，南宋则推辛弃疾。图为清代丁观鹏《西园雅集图》。

稼轩在南宋虽不受别人影响，但他影响别人，如刘过[1]及陆游。陆受苏、辛二家影响，而自在不及苏，当行不及辛。辛所影响的又一人则是刘克庄[2]，在南宋可以学辛者盖克庄一人。刘过及陆游乃因与辛同时同好，故受其影响；克庄则有意学辛，然未得其好处，只学得其毛病。

后人学稼轩多犯二病：一为鲁莽。稼轩才高，才气纵横，绝非鲁莽，不是《水浒》中李大哥蛮砍，忘此而学之乃乱来。二为浮浅。不能如稼轩之深入人心，深入人生核心，咀嚼人生真味。

二十二

南宋末词家多走入纤细、用典之路，又多咏物之作。

宋末词路自北宋清真（周邦彦）一直便至南宋白石（姜夔），其

---

① 刘过（1154—1206）：字改之，号龙洲道人，吉州太和（今江西泰和）人。南宋词人，有《龙洲词》。

② 刘克庄（1187—1269）：字潜夫，号后村，莆田（今福建莆田）人。南宋词人，有《后村长短句》。

>>> 南宋末词家多走入纤细、用典之路，又多咏物之作。宋末词路自北宋周邦彦一直便至南宋姜夔，其后则史达祖、吴文英、王沂孙、周密、张炎，此为一条路子。图为现代溥儒《宋姜白石先生像》。

舊時月色筭幾番照我梅邊
吹笛喚起玉人不管清寒與
攀摘何遜而今漸老都忘卻
春風詞筆但怪得竹外疏花
香冷入瑤席 江國正寂寂
歎寄與路遙夜雪初積翠尊
易泣紅萼無言耿相憶長記
曾攜手處千樹壓西湖寒碧
又片片吹盡也幾時見得 暗香
苔枝綴玉有翠禽小小枝上
同宿客裏相逢籬角黃昏無
言自倚脩竹昭君不慣胡沙
遠但暗憶江南江北想珮環
月下歸來化作此花幽獨
猶記深宮舊事那人正睡裏
飛近蛾綠莫似春風不管盈
盈早與安排金屋還教一片
隨波去又卻怨玉龍哀曲等
恁時重覓幽香已入小窗橫
幅 疏影
錄姜白石梅詞二闋
朗亭沈兆霖

>>> 图为清代冷枚《姜白石词意》。

后则梅溪（史达祖）[1]、梦窗（吴文英）、碧山（王沂孙）[2]、草窗（周密）[3]、玉田（张炎），此为一条路子。

余不喜此路。

蒋捷（竹山）与南宋六家不同。

胡适之以为蒋捷词受稼轩影响，故所作“明白爽快”而“多尝试的意味”（《词选》）。

胡氏又谓蒋词在其中颇能“自造新句”“自出新意”（《词选》），外表辞句与内容意义皆与人不同。

余于胡适之说多不赞成，其于论词，尚有可取。

蒋词之好，诚如胡氏所言，明白爽快。白石等总是不肯以真面目示人，总不肯把心坦白赤裸给人看，总是绕弯子，遮掩。其实毫无此种必要。如蒋捷词句：

---

① 史达祖（1163—1220？）：字邦卿，号梅溪，汴州（今河南开封）人。南宋词人，有《梅溪词》。

② 王沂孙（？—1291？）：字圣与，号碧山，会稽（今浙江绍兴）人。宋末词人，有《花外集》。

③ 周密（1232—1298）：字公谨，号草窗，又号四水潜夫、弁阳老人，占籍吴兴（今浙江湖州）。宋末词人，有《草窗词》。

蒋捷词之好，诚如胡适所言，明白爽快。如他的词句："月有微黄篱无影，挂牵牛、数朵青花小。秋太淡，添红枣。"南宋六家根本无此等句。图为明代张风《月下抚琴图》。

月有微黄篱无影，挂牵牛、数朵青花小。秋太淡，添红枣。（《贺新郎·秋晓》）

南宋六家根本无此等句，脑中没有，笔下也写不出来。

胡氏谓蒋捷词有新句、新意。如上述“月有微黄”数句，写牵牛写出“月有微黄篱无影，挂牵牛、数朵青花小”，真是不能再好了。“月有微黄篱无影”不是牵牛，至“挂牵牛”始写牵牛，但上句绝不可去——无下句，上句无着落；无上句，下句也没劲。如照相之有阴阳影，即所谓明暗。这是艺术。文学描写亦然。“挂”字用得好。“数朵青花小”是牵牛（那开大朵红色或五色斑斓的牵牛盖来自外国），这是明面，是牵牛面貌，而牵牛精神全在上句——“月有微黄篱无影”。

上举竹山写牵牛之词，好固然，但余之介绍蒋词，不单为此。余之喜竹山词，因他有几首很有伤感气。如《少年游》：

二十年来，无家种竹，犹借竹为名。

此虽非其伤感词中代表作，但最感动余者乃“二十年来”三句，觉得南宋还有此好句，明白爽快，简单真切。人皆以复杂为美，其实简单亦为美。

竹山最好的作品乃《虞美人》：

少年听雨歌楼上。红烛昏罗帐。壮年听雨客舟中。江阔云低断雁叫西风。　　而今听雨僧庐下。鬓已星星也。悲欢离合总无情。一任阶前点滴到天明。

竹山此首《虞美人》亦是前无古人。

“少年听雨歌楼上”一句，字很普通，而把少年的心气——什么都不怕及其高兴都写出来了。“红烛昏罗帐”，不仅写灯昏，连少年的昏头昏脑、不思前想后的劲都写出来了。

“壮年”，挑上担子，为家为国为民族。“江阔云低”，“江阔”，活动地面大；“云低”，非奋斗不可；“断雁叫西风”写自己感情。这比“二十年来”一首好，那多小，多空虚；这多大，多结实，连稼轩都不成。稼轩也许比他还有劲，但没有他的俊，句子不如他干净。

竹山此词细。“细”有两种说法，一指形体之粗细，一指质地之精细、糙细。蒋氏此词形式上够大，不细；他之细乃质上的细，重箩白面，细上加细。

可惜下半阕糟了，泄气了。好仍然好，可惜落在中国传统里。凡事要解脱、要放下。老年“悲欢离合总无情”，是说一切不动情，不动心。

竹山词中情致最高者，要数《少年游》：

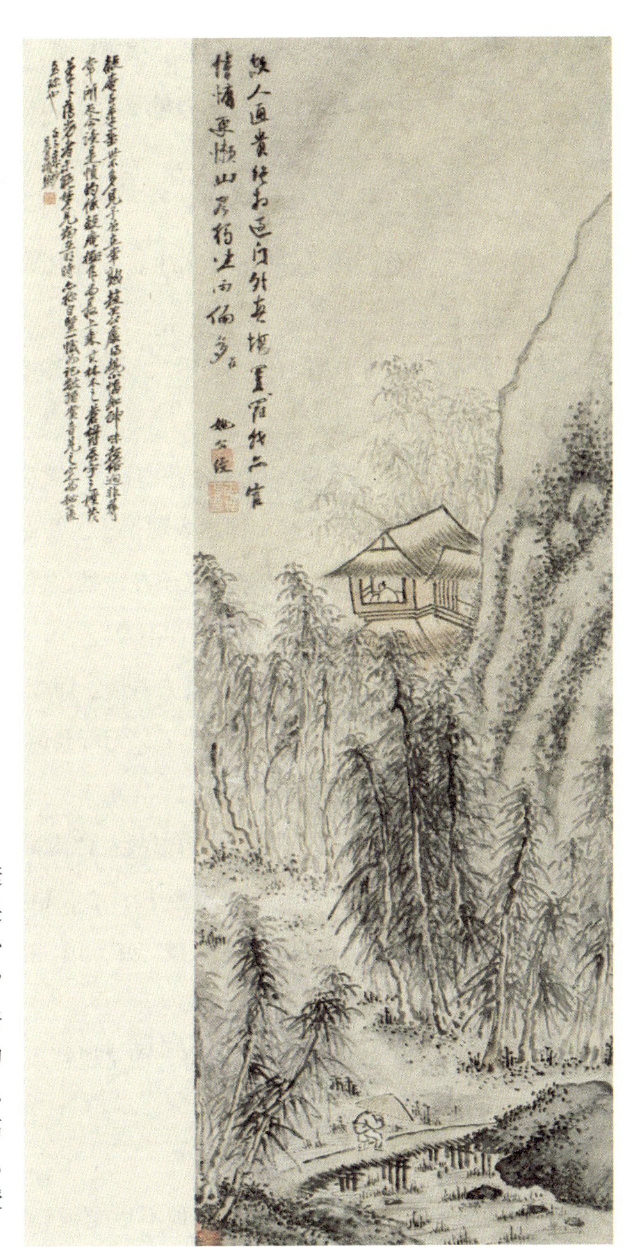

>>> 蒋捷《虞美人》亦是前无古人，“少年听雨歌楼上”一句，字很普通，而把少年的心气——什么都不怕及其高兴都写出来了。图为明代姚绶《独坐听雨图》。

梨边风紧雪难晴。千点照溪明。吹絮窗低，唾茸窗小，人隔翠阴行。　　而今白鸟横飞处，烟树渺江城。两袖春寒，一襟春恨，斜日淡无情。

爱是人生一部分，诗是象征整个人生。可惜中国人写爱多只是对过去之留恋。竹山此词即是。

首句乃写梨花，非真雪也；“雪难晴”，花落不完。“千点照溪明”，好，水净花白。这是写过去。

“人隔翠阴行”，这么平常而这么美。字是平常字，句是简单句，但有真情实感，有悠长意味。中国之表现手法，写得真好。“人隔翠阴行”，“人”，不是不相干之人，但又不在一处，佯佯脉脉（谓在若有意若无意之间），不是“过”也不是“不及”。

从过片之“而今”，知道前片是过去事情。而今呢？“白鸟横飞处，烟树渺江城”，再没有比这无聊的了，无可奈何。但若没有前面“人隔翠阴行”，也显不出这句好。

“两袖春寒”三句真好，有力。何以故？“两袖春寒”，身体所感；“一襟春恨”，心灵所感。“襟”，胸襟；心，精神。但若写“满胸春恨”，完了，凶倒是真凶。用“一襟”好，用“满胸”不成。“斜日”句是绚烂后归于平淡。

此词在竹山词中最高，不是说最好，而是说情致要算最高。

竹山词，人多谓其学稼轩，其实他不尽受稼轩影响，也受梦窗

>>> 蒋捷词，不尽受辛弃疾影响，也受吴文英影响。图为现代郑午昌《梦窗词意山水册》（十）。

影响。词中晦涩当以梦窗为第一，竹山有的词就让人简直不知他说什么。草窗比梦窗还肤浅，而且散，竹山也受草窗影响。

前所举“人隔翠阴行”一首虽好，而较稼轩单薄，较清真清苦，没有辛之力，没有周之圆。他的词真正能表现他特色的不在此。

中国诗歌纪事之作不发达。诗中尚偶有之，词中则甚少见。

竹山纪事词虽不多，但有。如《贺新郎·兵后寓吴》：

深阁帘垂绣。记家人、软语灯边，笑涡红透。万叠城头哀怨角，吹落霜花满袖。影厮伴、东奔西走。望断乡关知何处，羡寒鸦、到著黄昏后。一点点，归杨柳。　　相看只有山如旧。叹浮云、本是无心，也成苍狗。明日枯荷包冷饭，又过前村小阜。趁未发、且尝村酒。醉探枵囊毛锥在，问邻翁、要写牛经否。翁不应，但摇手。

此盖亡国后作。纪事。

其实，词中还有无“事”的吗？余之所谓纪事，要有头有尾，像史传、小说、戏曲，写出人的个性来，这才是纪事之作。此首思想不深刻，情韵不深刻，意趣也不见得突出，只是他是个有趣的人，他把他的悲哀可怜幽默化了。

“枯荷包冷饭”，真贫，但不如此写不出他的贫困来。

他的短词亦有纪事之作，如《霜天晓角》：

人影窗纱。是谁来折花。折则从他折去，知折去、向谁家。　　檐牙。枝最佳。折时高折些。说与折花人道，须插向、鬓边斜。

如此短词纪事不易。词写得清楚、生动、具体，只是贫。

穷与贫不同。

老杜诗穷，可不是贫。“但觉高歌有鬼神，焉知饿死填沟壑”（《醉时歌》），“此身饮罢无归处，独立苍茫自咏诗”（《乐游原歌》），虽穷不“贫”。

陶渊明“三旬九遇食，十年著一冠”（《拟古》其四），真穷，还是不“贫”。

竹山词贫，如《贺新郎·兵后寓吴》。

或曰：此所写乃失意时。其实他写得意也是如此，如前首《霜天晓角》（人影窗纱）。

李之仪《姑溪词》中有一首《卜算子》最有名：

>>> 李之仪《姑溪词》中有一首《卜算子》最有名：“我住长江头，君住长江尾。日日思君不见君，共饮长江水……”图为宋代夏圭《长江万里图》（局部）。

我住长江头，君住长江尾。日日思君不见君，共饮长江水……

此词比竹山《霜天晓角》写折花之词大方。首先是内容，竹山说的是折花，这是大江；其次是韵味，此首韵长。竹山“人影窗纱”一首似“河鲜儿”。鲜，未始不好，但味太薄，如果藕，一股水儿，一闪过去了。

竹山《霜天晓角》(人影窗纱）一首是“贫”，《木兰花慢·冰》[①]则是“瘟”。

普通贫则不瘟，瘟则不贫，独竹山有此二病。盖贫为其天性，瘟为其功夫。一个人有才而无学，只有先天性灵而无后天修养，往往成为贫；瘟是被古人吓倒了。不用功不成，用功太过也不成。

竹山《木兰花慢》是有劲用得不是地方，张炎是根本就没劲。张炎词细。张炎词如中晚唐人诗，只有“俊扮”，无“丑扮”。如“鱼没浪痕圆”(《南浦·春水》)，真好，但写沉痛写不出来。

竹山生于南宋，南宋词一天天走上瘟的路。梦窗瘟得还通，草窗则瘟得不通了。竹山之贫打破当时瘟的空气，而究竟生于那个时候，岂能不受环境影响？

---

① 《木兰花慢·冰》，全词如下：“傍池阑倚遍，问山影、是谁偷。但鹭敛琼丝，鸳藏绣羽，碍浴妨浮。寒流。暗冲片响，似犀椎、带月静敲秋。因念凉荷院宇，粉丸曾泛金瓯。　　妆楼。晓涩翠罂油。倦鬓理还休。更有何意绪，怜他半夜，瓶破梅愁。红裯。泪干万点。待穿来、寄与薄情收。只恐东风未转，误人日望归舟。”

竹山词《燕归梁·风莲》是纯写实题目，而竹山把它理想化了，想成舞女：

我梦唐宫春昼迟。正舞到，曳裾时。翠云队仗绛霞衣。慢腾腾，手双垂。　　忽然急鼓催将起。似彩凤，乱惊飞。梦回不见万琼妃。见荷花，被风吹。

“曳裾时”乃霓裳羽衣舞，“翠云队仗”写荷叶，不但有形，且有色。

小垂手后柳无力，斜曳裾时云欲生。（白居易《霓裳羽衣歌》）

白居易此二句写羽衣舞，乃眼之于色；竹山则是理想化。因眼之于色有相当距离，故容易把它理想化了。

此词最后点出风中之荷——“见荷花，被风吹”，其实你不用点，我们自然知道你写的是风莲。

此首“风莲”偏于写形。

蒋捷还有一首是写色的，《一剪梅》：

一片春愁待酒浇。江上舟摇。楼上帘招。秋娘渡与泰娘桥。风又飘飘。雨又潇潇。　　何日归家洗客袍。银字笙调。心字香

>>> 蒋捷还有一首是写色的，就是《一剪梅》：“一片春愁待酒浇。江上舟摇……”图为清代金廷标《画仙舟笛韵》。

烧。流光容易把人抛。红了樱桃。绿了芭蕉。

此调为七、四、四句式。此词难得的是每两个四字句有变化。末两句写色，写得真好。

二十三

王渔洋有诗：

> 翠羽明珰尚俨然，湖云祠树碧于烟。
> 行人系缆月初堕，门外野风开白莲。
>
> （《再过露筋祠》）

头一句就把“再过露筋祠”之意全写出。只这一句是诗，第二句便不行了，“湖云祠树碧于烟”，曰“湖”、曰“祠”，何其笨也。然笨又不可能与老杜之壮美并论。

老杜诗：

> 清夜沉沉动春酌，灯前细雨檐花落。
> 但觉高歌有鬼神，焉知饿死填沟壑。
>
> （《醉时歌》）

此为警句，王渔洋之“门外野风开白莲”只是佳句，没劲。老杜是壮美，下笔涩，摸着如有筋；王氏“翠羽明珰”一首俨然是圆的，最能代表其所主张之“神韵”，四句无一句着实，两脚蹬空，不踏实地。

郑板桥[①]诗、书、画均佳而怪。有词曰：

> 把夭桃斫断，煞他风景，鹦哥煮熟，佐我杯羹。焚砚烧书，椎琴裂画，坏尽文章抹尽名。(《沁园春》)

这是“苦恼子”，而且是迁怒。又说：“难道天公，还箝恨口，不许长吁一两声。”这两句还好，前边气味不好，如小孩子好撒无赖，即迁怒。

陆游亦有说恨的两句，就比郑高：

> 箧有吴笺三百个，拟将细字写春愁。
>
> (《无题》)

境界不扩大，气象不开展，此乃责诸贤者；然取其长则是好。郑板桥的站不住，不成诗；放翁二句格亦不高，而是诗。感情有一种训练，能把持住。水可以打岸拍堤，而不能破岸决口。郑板桥简直是水灾。

---

① 郑板桥（1693—1765）：郑燮，字克柔，号板桥，江苏兴化人。清代文学家、书画家，著有《板桥诗钞》《板桥词钞》。

黄景仁《两当轩集》有《都门秋思》：

寒甚更无修竹倚，愁多思买白杨栽。
全家都在风声里，九月衣裳未剪裁。

黄甚不得志，居北京，有诗的天才而早亡。

此诗“修竹”句用杜诗，“白杨”句用《宋书·萧惠开传》，后二句有《诗·豳风·七月》“无衣无褐，何以卒岁”之意。用典应如此，虽不知典而亦知其好。黄之处境甚可怜，而尚写出如此之诗。单就这四句与放翁“箧有吴笺三百个，拟将细字写春愁”二句比，黄比陆高。“因”是一个，都是愁；而“缘”不同，陆之缘小、狭，黄则缘比陆广。事实上“无修竹”，而诗中明明“有”；“白杨”亦“无”，而“思买白杨”白杨就“来”了，这就是诗与事实之不同处。这点是诗人与上帝争权的地方。而“寒甚”二句与放翁二句都寒酸；“全家”二句更寒酸。

黄景仁《绮怀》诗：

收拾铅华归少作，屏除丝竹入中年。
茫茫来日愁如海，寄语羲和快着鞭。

（《绮怀十六首》其十六）

黄诗有思想，有性情，有感觉，唯气象差。

>>> 郑板桥诗、书、画均佳而怪。他有词《沁园春》就是“苦恼子”，而且是迂怒。图为郑板桥字画。

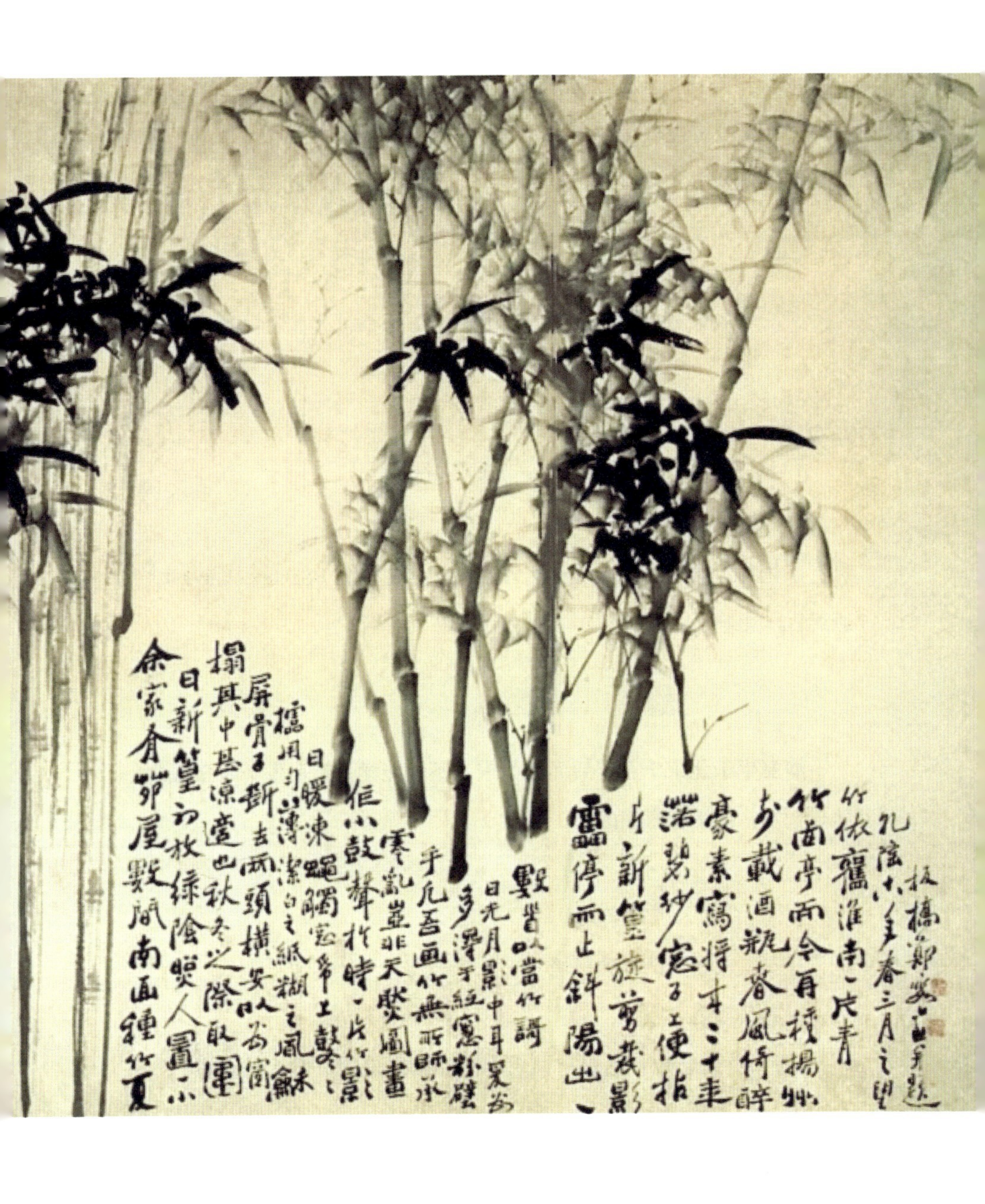

此诗“羲和”句，用古代神话羲和驾六龙以御日。欲了解黄诗必知此，此静安先生所谓“隔”。老杜《倦夜》“万事干戈里，空悲清夜徂”则不隔，令人一读如见老杜之生活，每每颠沛而此夜暂停，寂寞恨更长，字句上亦稳且厚。

二十四

王国维早年治文学、哲学，颇受德·叔本华（Schopenhauer）[①]悲观哲学影响。

静安生于北宋千百年后而能学宋，不但能学且有生发。唯王氏之学与生发，皆是有意识的。

静安《人间词话》独标境界。

境界又或谓之意境，“意”“境”又可分开来讲。

“意”就是思想，思想与回想不同，思想是前进的，是理想。如

① 叔本华（1788—1860）：德国19世纪哲学家，唯意志论创始人，著有《作为意志和表象的世界》《论自然中的意志》《论意志的自由》等。

>>> 王国维早年治文学、哲学。他生于北宋千百年后而能学宋，不但能学且有生发。唯王氏之学与生发，皆是有意识的。图为当代尉晓榕《王国维像》。

韦庄之“妾拟将身嫁与、一生休”（《思帝乡》）、冯延巳之“和泪试严妆”（《菩萨蛮》）、大晏之“不如怜取眼前人”（《浣溪沙》），即个人之思想、理想。

“境”非独谓景物也，而其中究有景物。境非独谓景物，人心中喜怒哀乐亦一境界。

樊志厚《人间词序》中言：静安词“意深于欧”“境次于秦”。不然，静安有时词境比少游还好。

静安先生受西洋哲学影响，意思深刻。如其《鹊桥仙》：

> 沉沉戍鼓，萧萧厩马，起视霜华满地。猛然记得别伊时，正今夕、邮亭天气。　　北征车辙，南征归梦，知是调停无计。人间事事不堪凭，但除却、无凭两字。

“意深于欧”而不见得“境次于秦”。当时虽然离别，眼中尚有伊在；今日则回想当时，眼中已无伊在，此情此景，何以为情！此词境不次于秦。

静安另有句“人间总是堪疑处，唯有兹疑不可疑”（《鹧鸪天》），不如前《鹊桥仙》词末二句好。盖音节关系，“无凭”两字声音上去。

静安先生词五、七言句好，因其深于诗，尤其七言。

静安先生不仅有修辞功夫，且又加以近代思想，故更成为一大词人。如其《浣溪沙》（山寺微茫背夕曛）：

试上高峰窥皓月，偶开天眼觑红尘。

前句一字比一字向上，后句一字比一字向下。有此思想者不知填词，会填词者无此思想，有此思想能填词者又无此修辞功夫。唯静安先生兼而有之。

天末同云暗四垂。失行孤雁逆风飞。江湖寥落尔安归。　陌上金丸看落羽，闺中素手试调醯。今宵欢宴胜平时。（《浣溪沙》）

首三句盖静安自道。

一个人只要有思想；岂但有思想，只要有点感情；岂但有点感情，只要有点感觉，便不能与一般俗人共处。一个词人即使没有伟大思想，也要有点真情实感，最不济也要有点锐敏感觉。静安先生名气很大，而同时在中国很难有人了解他，但使有一个人了解他，也不会写出这样伤感的作品。岂是写“失行孤雁”，简直写他自己！在社会上是个“畸零人”，在“天末同云暗四垂”时，看不见光明，也看不见道路。静安先生有感觉、有思想。“失行孤雁逆风飞”，这种精神力量最可佩服，而如此行去，结果非失败、幻灭、死亡不可。故静安先生曰“江湖寥落尔安归”。

静安先生与前代词人比，不一定比前人好，而真有前人没有的东稍隔矣。池塘生春草，空梁落燕泥等句，真妙处唯在不隔。词亦如是。即以一人一词论，如欧阳公少年游咏春草上半阕曰：阑干十二独凭春，晴碧远连云。二月三月，千里万里，行色苦愁人。语语都在目前，便是不隔。至云谢家池上，江淹浦畔，则隔矣。白石翠楼吟：此地宜有词仙，拥素云黄鹤，与君游戏。玉梯凝望久，叹芳草萋萋千里，便是不隔。至酒祓清愁，花消英气，则隔矣。然南宋词虽不隔处，较之前人，自有深浅厚薄之别。

少游词境最为凄婉，至可堪孤馆闭春寒，杜鹃声里斜阳暮，则凄厉矣。东坡赏其后二语，犹为皮相。

严沧浪诗话曰：盛唐诸公唯在兴趣，羚羊挂角，无迹可求。故其妙处

人间詞話　　海甯王國維

詩蒹葭一篇最得風人深致晏同叔之昨夜西風凋碧樹獨上
高樓望盡天涯路意頗近之但一洒落一悲壯耳
古今之成大事業大學問者罔不經過三種之境界昨夜西風凋碧
樹獨上高樓望盡天涯路此第一境界也衣帶漸寬終不悔
爲伊消得人憔悴此第二境界也衆裏尋他千百度回頭驀
見那人正在燈火闌珊處辛幼安此第三境界也此等語皆非大
詞人不能道然遽以此意解釋諸詞恐爲晏歐諸公所不許也

>>> 王国维《人间词话》独标境界。“境”非独谓景物也，而其中究有景物。境非独谓景物，人心中喜怒哀乐亦一境界。图为王国维《人间词话》手稿。

西。静安以前人无此思想，无此意境。

下片“陌上”一句，缩得真紧，用少字表多意。以别人性命为自己快乐——“今宵欢宴胜平时”。一将功成万骨枯。我们并不反对人找快乐，不过我们所找的快乐，万不可是别人的痛苦和悲哀。

若以“词”论，前三句胜后三句多矣。

六七四十二个字的小词，而表现得深刻，有曲折。若再责备贤者，似太苛刻。

前词“试上高峰”三句，言中之物、物外之言都好；“天末同云”前三句亦然，后三句思想虽深刻，而物外之言不够。“今宵”句，思想够深刻，文字不够美，没有逼人的力。

> 月底栖鸦当叶看。推窗跕跕堕枝间。霜高风定独凭栏。　觅句心肝终复在，掩书涕泪苦无端。可怜衣带为谁宽。（《浣溪沙》）

“霜高风定独凭栏”，不但无人，连栖鸦都飞了。

前二首《浣溪沙》词似旧而意实新，此首词似新而意实旧，只表现无可奈何之境，伤感而已。

静安先生有一种古人所无的象征的词：

> 本事新词定有无。斜行小草字模胡。灯前肠断为谁书。　隐几窥君新制作，背灯数妾旧欢娱。区区情事总难符。（《浣溪沙》）

这首词很怪，余所懂者未必是静安先生原意。

此词乃一女性所言，一个女性见丈夫写作而有此感。

一个词人有两重人格，一个我在创作，一个我在批评。一个大作家都有此两重人格，否则不会好，因其没有自觉。

此词也可视为静安自己批评自己之作，两重人格。

静安先生亦有快乐之作：

> 似水轻纱不隔香。金波初转小回廊。离离丛菊已深黄。　尽撤华灯招素月，更缘人面发花光。人间何处有严霜。（《浣溪沙》）

此词乃写月夜花间一美丽女性，也写得好。

静安先生论词，喜五代北宋之作，于有清一代独推纳兰[①]《饮水词》，谓其以自然之眼观物，以自然之舌言情。（《人间词话》）然而，小孩子毕竟要长大。“词人者，不失其赤子之心者也。”（《人间词话》）但只有赤子之心还不成，还要加上成人的思想，“不失”只是消极一面。纳兰词只是“不失其赤子之心”，此外更无什么东西。如：

---

① 纳兰：即纳兰性德。纳兰性德（1655—1685），字容若，号楞伽山人。清代词人，词论家况周颐誉之为“国初第一词人”，有《侧帽集》《饮水词》。

>>> 王国维有一种古人所无的象征的词，如其《浣溪沙》（本事新词定有无）可视为静安自己批评自己之作。图为明代沈周《九段锦》（一）。

>>> 王国维论词，喜五代北宋之作，于有清一代独推纳兰《饮水词》，谓其以自然之眼观物，以自然之舌言情。图为清代禹之鼎《容若侍卫小像》。

深巷卖樱桃，雨余红更娇。(《菩萨蛮》)

最易引起人爱好的是鲜，而最不耐久的也是鲜。如果藕鲜菱，实在没什么可吃，没有回甘。作品要耐咀嚼，非有成人思想不可。纳兰除去伤感之外，没有一点什么；除去鲜，没有一点回甘。新鲜是好的，同时我们还要晓得苍秀。

静安先生能欣赏纳兰词，而他自己是富于成人思想的。这也许正是静安先生伟大处。一个常人爱忽略或抹杀别人长处。静安先生自己短处为别人长处，反能赞美，君子人也。

静安先生词有时读之似觉不如《饮水词》来得容易，少自然之致。

人受别人影响可以，对别人欣赏可以，然受天性所限，有学不来的。

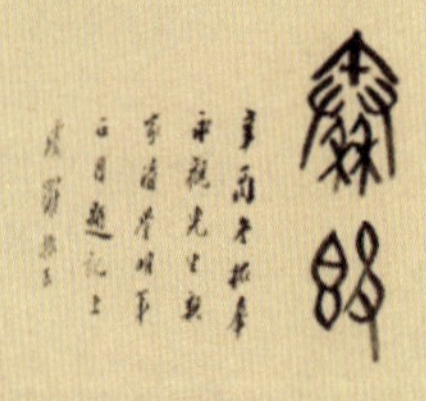

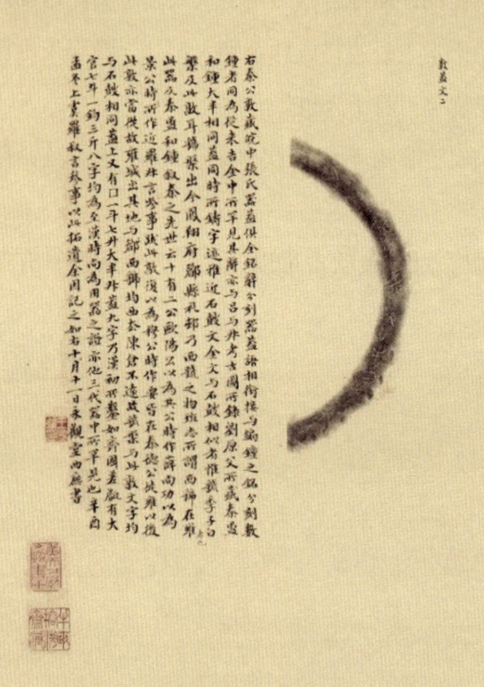

>>> 一个常人爱忽略或抹杀别人长处。王国维自己短处为别人长处，反能赞美，君子人也。图为《王国维罗振玉题跋秦公敦拓》。

后　记

《驼庵诗话》是顾随先生语录体的论诗之作，今在北京大学出版社以单行本出版。

此册单行本，是在2018年《驼庵诗话》（修订本）的基础上整理而成，它与三十余年前以“附录”辑入《顾随文集》、二十余年前收入四卷本《顾随全集·讲录卷》的《驼庵诗话》以及顾随先生其他遗著中所收录的“诗话”，自是有了许多不同——调整了内容编排，以使篇章结构更加合理；改动了个别语句，以更真实地反映当年课堂讲授的原貌；增加了一些注释，以方便读者阅读领会；核校了原版本中的典故与引文，补正了原版本中的疏误；篇幅也有了不小的扩充；并且策划编辑王炜烨先生更是精心为本书配入百余幅彩图，以增加读者的阅读兴趣。

这一版本，当是《驼庵诗话》的定本。以后即便再有修改，也只是个别错讹字的订正。

追溯四十年前，改革开放之初的 1982 年，叶嘉莹教授为恩师顾随先生编订第一种遗集《顾随文集》，她痛惜老师的遗稿毁弃殆尽，也痛惜老师的讲堂妙音已成绝响，在多方搜求之后，她想出一个绝佳方案——将自己近四十年随身携带、时时研读的顾随先生的课堂讲授笔记，加以摘录整理，编订为一册类如《论语》语录体的“诗话”，以弥补文稿遗失之憾。当时，嘉莹教授从海外带回八册课堂讲授笔记，手把手般地指导师妹之京摘录整理出七八万言的《驼庵诗话》。这便是《驼庵诗话》的最初版本，它最终以附录形式编入《顾随文集》。数年后，嘉莹教授又有听课笔记本及听课活页记录带回祖国，我们据以整理出十余篇“说诗”“说文”的专题文稿以及“诗话续编”一、二，收入 1995 年出版的《顾随：诗文丛论》。2000 年，《驼庵诗话》又增新篇，重新编排之后收入河北教育出版社出版的四卷本《顾随全集》之“讲录卷”。2006 年，中国人民大学出版社出版《顾随诗词讲记》，《驼庵诗话》再次收入其中。

直到 2013 年，三联书店以《顾随诗词讲记》中所收“诗话”为底本，刊印了《驼庵诗话》的第一种单行本。

“诗话”与“说诗”“说文”的相继面世，产生了意想不到的社会反响：读者领略到一位前辈学人讲坛上独有的风采，惊异于他广博精深的学术修养、卓异特立的学术见解、引人入胜的学术阐释。顾随的学术形象本已随着岁月的年轮渐渐远去，如今，又在后辈学人的心目中明晰生动起来。

回看《驼庵诗话》的变化轨迹，我们不难发现，它的“成长”正是在全面整理嘉莹教授听课笔记的进程中得以发生。2019 年，得嘉莹教授的鼓励与支持，得北京大学出版社王炜烨先生的鼎力相助，近百万字的顾随先生说诗、说文的“讲坛实录”最终定名《传学：中国文学讲记》，由北京大学出版社印行。嘉莹教授听课笔记最完整的整理定本完成，当年产生了广泛社会影响的《驼庵诗话》最终定稿也应运而出。

一册《驼庵诗话》，走过了四十年的历史进程。它从一个具体的角度，见证了顾随学术思想活泼泼的生命力。

顾之京　高献红

2022 年早春